2,50 ER
U7

HAYMON taschenbuch 65

Auflage:
4 3 2 1
2015 2014 2013 2012

HAYMON tb **65**

Originalausgabe
Haymon Taschenbuch, Innsbruck-Wien 2012
www.haymonverlag.at

ISBN 978-3-85218-865-2

Umschlag- und Buchgestaltung, Satz:
hœretzeder, grafische gestaltung, Scheffau/Tirol
Coverfoto: Pete Leonard/Corbis
Autorenfoto: Silke Markefka/VG Bild-Kunst

Gedruckt auf umweltfreundlichem,
chlor- und säurefrei gebleichtem Papier.

Ich muss noch die Mails abrufen. Wenn das Hochfahren nur nicht immer so lange dauern würde. Gott sei Dank sind die meisten Haushaltsgeräte vor Einführung des Computers erfunden! Nicht auszumalen, wenn man die Zahnbürste hochfahren müsste in der Früh. Oder der Herd abstürzt, mitten unter dem Kochen. Komm schon! ... Oder die Türklingel ein neues Update verlangt, das Licht einen neuen Treiber. Und das Radio mit einem Mal keine Verbindung zu den Programmen herstellen kann ... Der ganze Digitalscheiß. – So, da ist er ja. Aufgestanden? Passwort und warten ... warten ... warten ... auf die Sanduhr starren. Das Sanduhrsymbol ... auf dass sich all die Siliziumschaltkreise verbinden ... ratta ratta ... das Blinzeln der Festplatte ... runter mit dem Stoff ... und hinein in den Speicher ... ja, so ... die Desktopsymbole laden, die Icons anzeigen, die Start-Up-Programme initialisieren ... Schutzschilde hochfahren – oder der Briefkasten, wenn der eine neue Firewall bräuchte, weil sonst jeder mitliest oder hineinstopft, was er will ... so, endlich, das Mailprogramm – und ins Internet.

Hereinspaziert all ihr Brieftäubchen, und eine nach der anderen hochgehoben, umgedreht, wie Spielkarten vom Stapel. Eine Mail für eine billige Lebensversicherung, eine für einen günstigen Kredit und eine mit Gutschein fürs Online-Spiel-Casino, gleich die nächste fürs Wettbüro, noch mal, und in der steht gar nichts, Irrläufer, und hier ein Sex-Partnerschafts-Angebot und eine Mail mit animierten Strichen, die Schrift nicht zu entziffern, und eine Mail mit Werbung für gefälschte Uhren und eine für Software-Pakete und eine für einen Geldtransfer in Millionenhöhe, all die Töchter und Witwen der ehemaligen Tyrannen und Diktatoren und Völkerschinder, und eine Mail, die mich zum Finanzmanager einer großen Firma macht, lediglich meine Bankverbindung wird dafür benötigt, ja, so blöde werde ich sein. Und eine Mail, die dasselbe vorschlägt, mit geringfügig anderem Wortschatz, und wieder eine mit Kauderwelsch, die offenbar von einem Programm eingedeutscht wurde, glaubt da wirklich jemand, das fällt nicht auf? – und hier schon wieder eine Mail, die mitteilt, dass der angeschriebene Empfänger nicht existiert, ein Empfänger, den ich nie angeschrieben habe, und eine weitere Mail, die ich unbesehen lösche, und eine Mail mit Hey im Betreff und mit Hallo, und wieder eine mit guten Neuigkeiten und eine mit Medikamenten, die das Girl happy machen, und wieder die ewigen Mails von Banken mit Informationen zu Kontoumstellungen und illegalen Zugriffen und anderem Zeugs, und erneut eine Mail, die besagt, dass es ja meine Gesundheit ist, und eine Mail mit einer Frau im Negligé und eine Mail mit einer Frau in Netzstrümpfen und Netz-BH und eine Mail mit einer Frau mit nichts an und eine Mail mit einer Frau, von der man nur den Schritt sieht oder den Po, und noch mehr davon – die haben doch heute alle gar keinen echten Empfänger mehr, wer meint denn wirklich mich? – und eine Mail, die darauf besteht, dass schon beinahe Weihnachten ist, und eine Mail, die verspricht, dass Frauen meine neue Figur lieben werden, und dann noch mal genau diese Mail oder noch mal die mit einer der Frauen oder den Uhren und den hohen Gehaltsversprechen, und eine, die mir sagt, dass Fotos meiner Exfreundin bereitstünden, wer's glaubt, und hopplahopp, schwuppdiwupp, jetzt sind die Mails, die seit letzter Nacht kamen, weggelöscht – und für mich? Nichts dabei, Spam, Spam, Spam, ich habe keine Lust mehr, schon lange keine Lust mehr, wozu denn noch? – soll doch Briefe schreiben, wer wirklich was von mir will, ich bin doch kein Abfalleimer, keine Müllabfuhr, keine Verbrennungsanlage, und morgen geht das Spiel von vorne los und übermorgen wieder, ein Spam-Leben, ein einziger Scheiß, und nur, weil es Geld gibt – und genügend Dumme?

Und die Grafikkarte bei Ebay hat immer noch keiner gekauft. Die ist wohl für den Müll. Brauche ich nicht noch mal versuchen. Und ich dachte, ich bekomme noch einen Fünfziger dafür. Na ja, lag einfach zu lange in der Redaktion herum, bevor ich sie zum Verticken mitnahm.

So, Computer aus! Halt. Die Bank! Checken, ob die jetzt endlich überwiesen haben. Was glauben die eigentlich? Dass ich das zum Spaß mache? Dass die Bezahlung nicht so wichtig ist? Das hat doch Zeit! Aber meine Artikel soll ich schon rechtzeitig abliefern, immer besser sofort als morgen. Ja ja, sie müssen noch lektoriert werden, gegengelesen und ins Layout, versehen mit einer schlechteren Überschrift, nur damit sie in die jeweilige Spaltenbreite passt. Aber mein Honorar, was eilt denn da, ich mache das doch bestimmt gerne, ich habe doch bestimmt eine grenzenlose, unendliche Geduld …

So, mach schon. Warum ist die Seite immer so langsam? Kontonummer, PIN, fertig … siebenhundertdrei Euro? Ich war doch in den Miesen. Haben die mehr überwiesen? Sich vertan? Auszug! – Gar nichts haben die überwiesen. Immer noch nicht! Aber was ist das? Mumbay Diamonds? Dreitausend Euro? Das gibt's doch nicht. Das ist ein Versehen. Kontovertipper oder so was. Mumbay Diamonds. Dreitausend Euro. Verwendungszweck Lot siebzehndreizweisieben? Na super. Da muss ich wohl morgen zur Bank und das klären. Und bei der Computer-Tag anrufen, die sollen jetzt endlich zahlen, wie oft soll ich denn noch mahnen? Scheißblatt! Immer heißt es, super, Thomas, ganz toller Artikel, sie sind sehr zufrieden, alles bestens. Weniger Komplimente, mehr Geld, das wäre mir lieber! Wovon soll ich denn leben? Von Mumbay Diamonds? Schon seltsam! Wie das auf meinem Konto landet. Aber bestimmt wirklich nur ein Zahlendreher. Bei dem Betrag prüfen die ja wahrscheinlich noch nicht mal, ob der Kontoinhaber mit dem auf der Überweisung angegebenen übereinstimmt. Andererseits schöne Vorstellung, ich könnte das behalten. Vielleicht fällt es nie jemandem auf. Ach was, gäbe bestimmt nur Ärger. Aber was kann ich dafür? Ich habe mich ja nicht verschrieben. Wer weiß denn, ob ich meine Kontoauszüge so akribisch kontrolliere? Was, dreitausend Euro? Woher? Ist mir nie aufgefallen. Wissen Sie, ich mache mir nicht so viel aus Geld, solange man mir nicht Strom und Heizung abdreht. Nein, zu blöd!

So, Computer aus und aus die Maus. Was es alles gibt. Nicht nur unverlangte Mails, sondern sogar unverlangte Überweisungen. Nur das, worauf man wirklich wartet, lässt sich immer Zeit. Telefon! Komm ja schon! Nur noch den Stecker hier ziehen. Wo liegt denn das Handy schon wieder?

Christine! Mit Anke ins Flashlight, auf einen Cocktail. Ob ich mit mag? Heute Abend? Nein, heute nicht. Ich soll doch mitkommen, sagt sie. Nein, heute nicht mehr. Ich störe euch doch ohnehin bloß bei euren Frauengesprächen. Ich störe nicht, sagt sie, und sie hat das Handy dabei, wenn ich es mir doch noch anders überlege. Na dann mal viel Spaß! Und sagt mir zum Schluss den obligatorischen Kuss. In echt und am Schwanz wäre er mir lieber, Christine. Vergebliche Liebesmüh. Nein, diese Cocktailrunde ertrage ich nicht. Will ja doch wieder nicht mit mir ins Bett danach. Immer nur reden. Und kuscheln, bestenfalls. Nein, und auf Anke habe ich wirklich keine Lust. Anke. Wie die mich nervt! Will immer alles ganz genau wissen, wie's läuft mit meinem Job und was ich so mache und was ich Christine zu bieten habe. Schlimmer als eine Schwiegermutter! – Mumbay Diamonds. Bin ja gespannt, was es damit auf sich hat. Überweisungsfehler. Fehlgeleitetes Geld. – So, aber jetzt mache ich mir einen Wein auf. Bordeaux. Mal sehen, was er taugt. Aus dem Supermarkt. Teuer war er nicht. Sieh an. Auch schon Plastikkorken. Geht ja. Kein Petrus, aber gar nicht so schlecht. Den trinke ich jetzt. Musik! Incunabula. Ich ewig mit meinen Autechre, würde Christine schon wieder meckern. Die kann ich rauf und runter hören. Und ein Buch dazu. Brinkmann. Keiner weiß mehr. Fange ich an. Das ist doch ein Abend! Nichts dagegen zu sagen. Mit Mumbay Diamonds auf dem Konto. Wie als Ausgleich für all die unerwünschten Mailfluten. Entschädigungszahlung. Reparation. Morgen als Erstes zur Bank.

Hat er es bald? Erst muss ich ihm dreimal erklären, dass es nicht darum geht, dass ich eine Abbuchung zurück will, sondern dass zu viel Geld auf meinem Konto ist. Und jetzt hängt er am Telefon und hackt auf seiner Tastatur rum. Und mindestens eine Viertelstunde angestanden, bevor ich endlich an der Reihe war. Auf der Bank und auf der Post gibt es das Warten immer gratis dazu, das haben die so eingebaut, ohne wäre es nicht authentisch. Jetzt – er scheint fertig zu sein. Das Geld ist korrekt überwiesen worden, sagt er, da stimmt alles. Mein Empfängername und meine Kontonummer. Ja und, was heißt das? Also ein Irrläufer ist das nicht, meint er, die Überweisung lautet korrekt, um einen Vertipper handelt es sich nicht. Gut, das sagte er schon! Aber die Anschrift hätte ich gerne. Wer hat das denn nun überwiesen? Tut ihm leid, die kann er mir nicht geben. Sie haben nur die Kontoverbindung. Können das Geld natürlich zurücküberweisen, wenn ich das wünsche. Aber in der Regel veranlasst diesen Vorgang der Überweisende. Und wie läuft das dann, bitte? Dann würde sie das einzahlende Kreditinstitut verständigen, meint er, und sie mir die Forderung melden. Aber das ist dann meine Sache, und die Banken kommunizieren das nur aus Kulanz.

Der redet wie Kleingedrucktes. Das heißt, ich behalte das Geld? Und sagt, ich soll überlegen, ob ich das wirklich nicht zuordnen kann. Es kommen öfter Kunden, die Eingänge oder Ausgänge stornieren wollen und dann nur vergesslich waren. So so! Oft liegen die betreffenden Verkäufe nur schon länger zurück, sagt er. Ob ich vielleicht Schmuck verkauft habe, etwas aus einer Erbschaft? Vergesslich! Will der mich beleidigen? Aber warum nicht! Vielleicht eine Idee. Ja, das kann sein, meine Großmutter. Und er nickt. Na klar, meine Großmutter …

Ich soll das also noch mal kontrollieren. Ansonsten kann ich ja einfach warten, ob sich wer bei mir meldet, deswegen. Oder selbst zurückbuchen, wenn ich mir sicher bin, dass mir das Geld nicht zusteht. Aber ich kann ruhig warten, die Summe ist ja nicht so exorbitant, sagt er. Und gebucht ist gebucht! Na dann, vielen Dank und auf Wiedersehen! Nicht so exorbitant. So viel wird der doch auch nicht verdienen? Eigenartige Type. Und sieht mir nach, grinst, als wäre ich ein debiler Trottel, wie er sie wohl andauernd zu Gesicht bekommt. Aber die Krawatte schnürt dem ja auch die Luft ab. Da hat der nicht mehr so einen klaren Durchblick. Korrekte Überweisung ... Ha! Da kann ich ja gar nichts tun. Hoffentlich will es keiner zurück. Vielleicht bemerkt es ja niemand. Dreitausend Euro. Das käme genau richtig. Und zur Feier des Tages gäbe es mal einen Wein über zehn Euro. – Arschloch, dann brems halt! Was soll das Gehupe? Soll ich stundenlang warten, bevor sich mal einer bequemt, mich über die Straße gehen zu lassen? Wenn das Christine wieder mitbekommen hätte ... Die Großmutter hat der mir bestimmt nicht abgenommen. Komisch, dass er so desinteressiert war. Dem war das ziemlich schnurz. Ich hätte gedacht, die hängen das gleich an die große Glocke, gehen der Transaktion nach, ob da irgendwas daran ungesetzlich ist. Aber ist eben nur Kleingeld für die. Was haben die schon davon. Dreitausend Euro. Nicht schlecht. Aber ich hätte ihn fragen sollen, wie lange jemand das Geld zurückfordern kann. Wäre ja blöd. Ich gebe es aus und dann will es jemand zurück. Zwei Wochen, zwei Monate, zwei Jahre? Oder gleich die Verjährungsfrist? Fünf Jahre warten, oder wie lange ist die? Egal! Ich gebe es aus und dann werde ich schon sehen. Was kann ich denn dafür? Und Christine erzähle ich gar nichts. Die macht sich nur Sorgen.

Und wieder die Mails. Weg mit dem Spamverhau! Halt. Was ist das? Mumbay Diamonds. Auf Englisch. Was? Den eingezahlten Betrag abheben und wie vereinbart nach Antwerpen bringen? Was ist das denn Verrücktes? Das gibt es doch nicht. Das ist ja noch irrer als die Mails, die einen bitten, Geld aus irgendwelchen verblichenen Diktaturen zu retten. Da liegt ein Irrtum vor! Das ist doch Spam, die bis auf das Konto durchschlägt, die plötzlich ein Leben bekommt, Spam, die einfach real wird. Was mache ich denn jetzt? Ich schreibe zurück. Tut mir leid. Sie müssen die falsche E-Mail-Adresse haben. Ich weiß nichts von dieser Transaktion. Da muss eine Verwechslung vorliegen. Das ist ein Irrtum. Macht mich nervös. Ich koch noch Kaffee. Draußen Regen, grau. Scheiß Mails. Kommt mir alles vor wie Spam.

Re: Mumbay Diamonds. Schon wieder. Dass das Geld auf meinem Konto eingegangen ist oder dort eingehen wird. Und ich es nach Antwerpen bringen soll. Bar! – Na toll. Klar, ich gehe zur Bank, stopfe die Scheine in den Geldbeutel und fahre nach Antwerpen. Sonst noch was? – Also noch mal: Das ist ein Irrtum. Sie haben die falsche Anschrift, die falsche Bankverbindung, stop that Spam!

Zu viel Kaffee! Zu viele Mails. Zu viele Stunden vor dem Computer. Nicht auszuhalten. Und komme mir gerade vor wie bei Katz und Maus. Ich Idiot. Warum habe ich denn überhaupt geantwortet? Was geht's mich an? Ich habe mir das Geld ja nicht erschwindelt. Ich habe nichts damit zu tun. Tja, nur, dass es jetzt auf meinem Konto ist und jemand nicht will, dass es da bleibt, offensichtlich. Aber ich kann doch nicht alle zwei Minuten den Maileingang prüfen, vielleicht sollte ich raus, ein wenig spazieren – ja, ganz toll, im Regen. Habe eh keine Ruhe. So was Verrücktes. So ein Scheiß!

Re: Mumbay Diamonds. Ich soll mir die angehängte Rechnung ansehen. – Da lasse ich aber erst mal mein Virenprogramm drüber. Mir gefällt das nicht, mir gefällt das nicht. So, fertig. No virus found. Na dann. Auf damit. Eine Rechnung. – Das gibt es nicht. Das ist doch mein eigenes Rechnungsformular, nur etwas aufgemotzt. Thomas Vogel, Manager Direct Sales Germany. Machen mich zum Direct Sales Manager. Das ist ja nett. Unter einem fetten Logo mit Edelsteinen. Und meine Adresse, meine Bankdaten, Rechnungsnummer, Steuerangaben, alles. Rechnungsempfänger: Mumbay Diamonds, Edelsteine, Gold, Schmuck in Hamburg. Na super. Und dahin habe ich dreitausend Euro in Rechnung gestellt für Lot siebzehndreizweisieben. Aber ich verstehe es nicht. Da hat also jemand wahrscheinlich einen Diamanten verkauft und eine Rechnung unter meinem Namen ausgestellt, somit wird das

Geld auf mein Konto überwiesen. Und jetzt soll ich es abheben und bar nach Antwerpen bringen. Was ist das denn für ein Plan? Und wenn ich zur Polizei gehe? Denen das sage? Aber mein Rechnungsformular. Woher haben die das? Ich habe doch hoffentlich keinen Trojaner auf dem Computer?

Und die Bank hat ohnehin schon wieder zu. Die Öffnungszeiten sind ein Witz. Dreitausend Euro. Nach Antwerpen. Das ist doch verrückt. Und vielleicht auch gefährlich. Polizei? Jetzt erst mal ein Bier aus dem Kühlschrank. Ich bin doch total nervös. Was soll ich machen?

So, das Bier tut gut. In Ruhe überlegen! Polizei? Dann habe ich danach vielleicht ein Problem mit dem Finanzamt. Die kommen doch bestimmt und prüfen. Und entdecken, dass ich letztes Jahr einiges nicht angegeben habe. Scheiß Schwarzgeld. Scheiß Finanzamt! Hinfahren? Oder einfach hier bleiben. Geld behalten? Aber die haben meine Adresse. Das gefällt mir nicht. Mich selbst anzeigen? Alles so unglaubwürdig. Klingt nach einer Menge Ärger. Und Geld habe ich keines, mit dem ich meine Steuerschuld zurückzahlen könnte. Doch Hinfahren? Einfach eiskalt hinfahren mit dem Geld? Und schauen, was passiert? Klingt total abgefahren. Aber vielleicht nicht blöd. Da mache ich gleich was für die Computer-Tag draus. Ein schöner Artikel. Wie die Spam-Machenschaften, der E-Mail-Betrug, jetzt schon ins echte Leben eingreifen, bevor man auch nur reagiert hat. Wie eine Identität fingiert werden kann. So habe ich das noch nirgends gelesen. Das werden einige Seiten. Und bringe Fotos mit aus Antwerpen. Das wird die Titelstory. Das gibt dann wenigstens Geld. Und für das Finanzamt fällt mir schon noch was ein. Habe ich eben vorrecherchiert. Weil die mich nur benutzen können, wenn ich was zu verbergen habe. Moment. Vielleicht wissen die das ja wirklich. Dass ich deswegen Skrupel habe, zur Polizei zu rennen. Woher haben die mein Rechnungsformular und alles? Allerhand zu recherchieren! Klingt doch spannend, das Ganze. Damit komme ich endlich aus den Schulden. Vielleicht sogar zu einem besseren Job für eine größere Zeitschrift. Und hier mal raus, ist auch nicht so schlecht.

Also gut. Maile ich zurück. Wann, wo, wie? Ich bin verrückt! Aber lieber verrückt als ein Langweiler. Lieber verrückt als verhuscht. Verrückt sind wir ohnehin längst alle. Und alle Minuten meine Mails abrufen. Wann sie antworten. Vielleicht kommt gar nichts mehr. Ein schlechter Scherz? Aber ganz schön teuer für dreitausend Euro. Wer hat, der hat. Noch ein Bier. Das letzte, das da ist. Muss wieder was kaufen. Das reicht mir heute nicht. Gehe ich nachher nach nebenan in die Kneipe. Und das Wetter schon den ganzen Tag grau in grau. Lohnt das Rausschauen nicht. Als spiele der Himmel Beton. Tristesse. Da ist mir der Bildschirm noch lieber. Und wieder ein paar Mails. Spam, Spam, Spam. Alles Spam. Keine Antwort. Nur Verarsche. Was essen wäre auch nicht schlecht. Mir ist ganz flau. Wirkt das Bier besser. Antwerpen. Da war ich noch nie. Das ist ja mal 'ne Einladung! – Also, ich werde doch nicht hier in der Wohnung auf und ab gehen, bis ich Spuren im Boden habe. Warten macht krank. Schuhe an und rüber in die Kneipe. Vielleicht auch eine Kleinigkeit essen.

Die Typen sind hier doch auf die Barhocker gewachsen. Wie Pflanzen, irgendwie. Nur, dass sie sich selbst gießen. Bierschütter. Schauen mich an, weil sie genau wissen, dass ich nicht hierher gehöre. Die Körperfresser kommen. Und die Wirtin schaut an mir vorbei – jetzt komm schon. Na also. Ein Bier. Die hat einen Arsch. Wunder, dass sie den am Tresen vorbeibekommt. Und die Karte bitte. Karte gibt es hier keine, Kleiner. Und was zu essen? Sagt sie noch mal Kleiner, sag ich Fettarsch! Currywurst, nickt sie. Currywurst. Igitt. Egal. Gut, nehm ich. Kommt sofort! Als würde sie bellen. Und stellt mir das Bier hin. So, ich saug mich jetzt auch fest, auf meinem Hocker, eine Koralle. War lange nicht hier. Nur ab und zu Bier mitgenommen. Und störe die, ich merke es. Egal! Ich bleibe. Ich kann genauso trinken! Glotzt nur. Glotz ich zurück oder schaue nirgendwohin. Dreitausend Euro. Mann. Und ich trage die nach Antwerpen. Aber sind die denn bescheuert? Was soll das, frage ich mich. Heuern mich als Boten an. Bin ja gespannt, was die mir erzählen. So, Prost! Na, trinke ich eben alleine, ihr solitären, abgesoffenen Schwämme. Schmecken tut's wenigstens. Anständige Brauerei, zwar kein Augustiner, aber nicht dieses seifige Zeug, das es in Christines Cocktailbar immer gibt. Wenn ich auch Bier trinke, sagt sie dann immer, aber die Cocktails sind gut. Und kosten abartig, ich bin doch nicht blöd, dieses ganze Fuselzeug. Heute habe ich einen Zug. Schon wieder halb leer. Da schauen die Setzlinge. Fleischpflanzerl. Gut eingeweicht. Ich fahre nach Antwerpen. Belgien. Da gibt es auch viel Bier. Wenigstens etwas. Und Pommes mit Majo. War vor einigen Jahren dort an der Küste. Pommes. Dauernd und überall Pommes. Zu jedem Essen. Sogar zu Muscheln. Unaufgefordert als Beilage. Ob es passt oder nicht. Konnte sie danach lange nicht mehr sehen. Aber Bier gab es gutes. Und schlechtes. Sogar sauschlechtes. Und keine Ahnung mehr, wie die hießen. Muss ich also alles noch mal neu ausprobieren. Oh, da ist schon die Currywurst. Wohl bekomm's, junger Mann. Danke! Junger Mann, das klingt ja schon besser als Kleiner. Werde ich etwa schon akzeptiert hier? Nein, bestimmt nicht. Da muss man sich erst jahrelang reintrinken. So dazugehören wie ein Bild an der Wand, das man nicht mehr wahrnimmt, weil es eben schon ewig dort hängt. Na ja, geht ja. Kann man essen. Ewig nicht mehr gegessen. Currywurst. Aber gar nicht so schlecht. Wenigstens was im Magen. Und dann noch ein Bier.

Wie lange saß ich jetzt da unten? Bestimmt zwei Stunden. Zwei Stunden, vier Bier. Das reicht jetzt. Und den Mails Zeit gegeben, sich erneut anzuhäufen. Wie moderne Insekten. Spam-Ungeziefer! Ha, da ist sie: Re: Mumbay Diamonds. Jetzt bin ich aber gespannt. Am Samstag schon. Viel Zeit lassen die sich ja nicht. Antwerpen. Jezusstraat, gegenüber vom Supermarkt Spar eine Sitzbank. Wollen die mich vielleicht doch nur verarschen? Jesusstraße, Spar-Supermarkt. Vierzehn Uhr. Man holt mich ab. Das Geld bar zur Hand. Natürlich. Nicht etwa vor Ort abheben. Nicht mit dem Flugzeug. Nicht mit dem Auto. Bahn. Ticket am Schalter kaufen. Bar bezahlen. Und es niemand wissen lassen. Sonst komme ich ganz im Ernst in die Hundehütte? – Doghouse, was heißt das gleich? Muss ich nachschlagen. Leo online ... Deckshaus auf einer Yacht, Hundehütte, Umkleidehaus im Bergbau ... Nein, hier – in the doghouse! In Ungnade, in Schwierigkeiten. Was sonst. Ernste Schwierigkeiten. So ist das. Das Leben.

Und war kein Traum. Und was hat es gebracht, drüber zu schlafen? Was mache ich? Dreitausend auf dem Konto, die da nicht hingehören. Christine kommt gleich vorbei und ich weiß immer noch nicht, was ich tue. Ein Hin und Her durch die Wohnung. Auf dem Rechner nur neue Spam, nichts aus Antwerpen.

Eigenartig bin ich, meint sie. Bin ich nicht. Doch. Ich bin ganz normal. Total reserviert und abwesend, sagt sie. Hab halt viel im Kopf, Christine. Mumbay Diamanten zum Beispiel, aber das sag ich dir nicht. Was denn, will sie wissen. Ach, nur so blödes Computerzeug, für die Zeitschrift. Muss da noch so viel tun. Dass mich das sonst nicht so gestresst hat? Stresst mich aber jetzt. Und dann haben sie das letzte Honorar noch nicht mal überwiesen. Warum ich überhaupt noch für die arbeite? Was soll ich denn sonst machen, du hast Nerven, Christine. Mich vielleicht vom Arbeitsamt rumschicken lassen? Ja, ich weiß, ich bin selbstständig. Noch schlimmer, da bekomme ich von denen ohnehin nichts. Und arbeitslos war ich schon, das kenne ich, davon habe ich genug! Trotzdem bin ich eigenartig, was mit mir ist? Gar nichts, Christine. Ich kann es ihr doch nicht sagen. Und jetzt lass mich bitte in Ruhe damit! Ob ich eine andere habe? Spinnst du! Oder sie nicht mehr sehen will, eine Weile. Nein, gar nicht, Christine, tut mir leid, bin einfach nicht gut drauf. So viel um die Ohren. Brauche dringend Ablenkung. Urlaub brauche ich, weiß sie, wir sollten endlich mal wegfahren. Das geht jetzt gerade wirklich nicht. Und ich fahre ja! Nach Antwerpen. Nur nicht mit dir, sondern alleine. Geht ja nie mit mir, sagt sie, nur ganz am Anfang, als wir gerade mal eine Woche weg waren. Jetzt meckere du nicht auch noch dauernd an mir herum. Tut sie ja nicht, sagt sie. Sie kann ja auch nicht. Ewige Promotion, aber bald ist es geschafft. Dafür heute Abend mal wieder ins Kino. Bitte. Von mir aus. Ob ich Lust habe? Es sieht nämlich nicht so aus. Wie seh ich denn aus? Lust, seit wann geht es ihr denn um Lust, Lust hätte ich öfter. Also? Doch, können wir machen, was kommt denn, Christine?

Zwei Stunden nebeneinander gesessen, Blick starr geradeaus. Und nach dem Kino einen Cocktail und ein bisschen Küssen, das war's. Das ist doch Beschiss! Nein, sie bleibt nicht bei mir, muss morgen früh raus. Kann ich mir mal wieder einen runterholen. Irgendwie nicht Fisch nicht Fleisch mit uns. Sie traut mir nicht und ich verstehe sie. War das ein schwachsinniger Film. Da ist ja Spam lesen noch besser. Hollywood-Kacke! Christine jetzt schon daheim und ich auch gleich. Und ich mag sie doch. Nur, weil ich keine Geduld habe, ihr keine Zeit lasse. Immer die unterschiedlichen Geschwindigkeiten und Rhythmen, das ist doch überall das Hauptproblem. Die Zeit. Scheiße. Vielleicht nehme ich mir unten noch ein Bier mit. Nein. Heute nichts trinken. Einfach nur Fernsehen. Nein, besser was lesen. Und morgen buche ich. Antwerpen! Ob die wirklich glauben, dass ich komme? Die können doch nicht ernsthaft damit rechnen. Kommt mir immer noch alles wie ein Spiel vor. Eine merkwürdige Art von Preisausschreiben oder versteckter Kamera. Jemand macht sich über mich lustig und ich merke es nicht. Was soll's. Ein Wochenende

Antwerpen. Klingt doch nicht schlecht. Christine kann ich nichts davon erzählen. Aber was sage ich ihr? Morgen hole ich erst mal das Geld. Hoffentlich ist es noch drauf.

Hat der jetzt komisch geschaut? Als ich die dreitausend abgehoben habe? War ja derselbe wie letztes Mal. Der denkt ohnehin, ich bin ein bisschen verwirrt. Hoffentlich beobachten die mich jetzt nicht genauer. Oh Mann, so viel Bargeld habe ich schon lange nicht mehr gehabt. Lauter Hunderter. Dreißig Stück. Und am Bahnhof natürlich wieder lange Schlangen. Post, Bank, Bahnhof, alles dieselbe Mischpoke. Da lernt sich Geduld. Da steht man sich die Füße in den Bauch. Alles, was Schalter hat, ist mit Wartezeit noch und noch. Aber das Ticket habe ich. Freitag geht's los. München–Antwerpen, Antwerpen–München. Mit Umsteigen. Keine Direktverbindung. Fast zehn Stunden. Sollte ich vielleicht mehr als nur ein gutes Buch mitnehmen. Aber kostet ganz schön. Wie die sich das vorstellen? Ich bringe denen dreitausend Euro und habe für ein paar Hundert Spesen. Die bezahle ich aus eigener Tasche? Die ziehe ich denen ab. Die können mich mal. Bin doch nicht blöd. Na ja, zurzeit denke ich öfter, doch! Saublöd sogar. Auf was ich mich da einlasse. Glaube es ja selbst noch nicht ganz. Aber das wird eine Story. Wird kaum zu glauben sein. Kann nur hoffen, dass der Chefredakteur nicht ablehnt. Herr Vogel? Ob er das glauben soll? Und dass ich doch Märchen erzähle. – Nein, der muss das bringen. Muss gleich aufs Titelbild! Umsonst mache ich das nicht. Morgen Früh geht es schon los, sehr früh! Zehn vor sechs. Dass ich da mal nicht verschlafe. Und das Zelt nehme ich mit. Gibt einen Zeltplatz. Dank WWW weiß ich das schon. Zahle doch nicht noch ein Hotel dazu. Zelt, Isomatte, Unterwäsche, Bücher. Was brauche ich denn groß, für die zwei Nächte. Und so habe ich wenigstens ein bisschen Zeit. Kann ich Freitagabend noch eine Runde durch die Stadt. Dass ich nur nicht vergesse, den Treffpunkt auszudrucken. Scheiße, jetzt kommt die Angst. Aber was hätten die davon, mir was zu tun? Wäre doch bescheuert. Und zahlen doch nicht dreitausend Euro auf mein Konto, um mich dann zu entführen. Wo sowieso nichts bei mir zu holen ist, außer dem Geld, das die eingezahlt haben. Und Christine? Erzähle ich es später. Ganz in Ruhe. Sonst sorgt sie sich bloß. Und von dem Geld für den Artikel fahren wir dann in Urlaub. Mal richtig mit Zeit. Wenn die nur mal schneller überweisen. Was denken die eigentlich? Dass ich nur zum Spaß schreibe? Aufgeregt! Ob ich heute Abend noch ein, zwei Bier trinke, damit ich besser schlafe. Aber dann überhöre ich noch den Wecker.

Dieses scheißfrühe Aufstehen. Obwohl, so schlimm war es gar nicht. Noch richtig Nacht. Gegen sieben oder acht quält es mich mehr. Wahrscheinlich klingelt mich da der Wecker immer aus dem Tiefschlaf. Ist der Rucksack schwer! So viel habe ich doch gar nicht dabei? Habe ihn kaum hochbekommen, auf den Rücken. Muss ich zurück besser packen, das Gewicht anders verteilen. Lauter Zombies in der U-Bahn. Aber wenigstens noch kein Gedränge. Platz für die müden Knochen. Habe ich die Fahrkarte? Ja, oft genug nachgeschaut. Und das Geld ist auch da. Könnte man ganz schön verreisen damit. Blöd, es abzugeben. Geldtransport. Hätte ich auch nicht geahnt, dass ich das mal mache. Rolltreppe hoch. Noch einen Kaffee am Bahnhof. Hat überhaupt schon was offen? Überall noch Rollläden unten. Die Bäckerei? Schon Licht, aber noch zugesperrt. Dann eben nicht. Vielleicht oben. Wirklich noch ruhig alles. Der Tag wie noch nicht angefangen. Na also, der Kiosk hat schon auf. Ganz schöne Schlange. Hier sammeln sich all die frühen Gestalten.

Noch genug Zeit. Welches Gleis? Nummer zweiundzwanzig. Den Kaffee nicht verschütten. Heiß, der Becher. Hätte eine Serviette dazunehmen sollen, zum Halten. Der Zug steht schon da. Na super. Wieder ewig vorlaufen. Für was reserviert man eigentlich, wenn man dann immer diese Bahnsteigwanderungen machen muss. Wagen vierunddreißig, Wagen dreiunddreißig, Wagen zweiunddreißig, da sind wir. Hineingehievt den Körper, den Rucksack, das Geld. Die Glastüre – geh auf! Da bin ich. Tischchen aufklappen, Kaffeebecher drauf. Läuft schon an den Seiten raus. Runter mit dem Rucksack. Was habe ich nur alles dabei? Bekomme ihn kaum auf die Ablage. Gewichtheber. Bei den Summer Games früher, auf dem C-Vierundsechzig, war ich gut! Sitzen. Kaffee. Müde! Vielleicht schlafe ich noch ein bisschen.

Und den Platz gleich hinter dem Klo, andauernd geht die Spülung. Saugt und zischt. Alles immer enger. Früher war es geräumiger. In den Abteilen konnte man besser schlafen. Viel besser. Aber im Zug wird jetzt alles immer mehr wie im Flugzeug. Die Fenster kann man auch nicht mehr öffnen. Den Arsch auf dreitausend Euro und kann mir selbst kaum noch einen Kaffee leisten. Der Schaffner. Hier meine Fahrkarte – prüfender Blick und Stempel drauf. Trübe draußen. Diesig. Fast, als rollten wir durch Wolken. Eine Verschleierungstaktik. Und jetzt beginnt es zu regnen. Wo ist das Buch? Ah, oben im Rucksack. Gleich noch aufs Klo vorher und dann lesen, vielleicht hilft das gegen die Aufregung. Keiner weiß mehr. Der Typ dauernd in seinem Zimmer.

So. Wieder eine Stunde weniger. Abgespult. Und im Buch dreißig Seiten voran. Ein schwarzer Vogel im Baum, und Misteln. Ich bin müde. Ein Kaffee wäre gut. Draußen fallen die Tropfen, laufen schräg die Scheibe hinab, schlucken sich gegenseitig, saugen sich auf und legen an Gewicht zu. Kaffee? Jetzt nicht. Wir halten gleich. Kein Durchkommen. Nicht, dass jemand noch mein Gepäck mitnimmt. Strömen schon zu den Türen. Ankommende. Und draußen die, die reinwollen. Wie eine Ablösung.

Schichtwechsel. Danke! Wie oft rammt mir jetzt noch jemand seinen Koffer gegen das Knie? Soll ich mich vielleicht zusammenfalten? Oder hochlegen, zu meinem Rucksack?

Mein Handy! Mist. Wo ist es denn? Jedes Mal derselbe Stress, bis ich es endlich aus der Jacke gewurschtelt habe ... Christine! Jetzt nicht. Dir will ich jetzt nichts erklären. Da gehe ich nicht ran. Ich höre es einfach nicht! So. Ausgeschaltet. Mache ich wieder an, wenn ich zurück bin. Hätte ich gleich daheim lassen sollen. Aber wer weiß. Vielleicht brauche ich es noch. Wenn die mich mitnehmen, mit dem Geld. Ach was. – Christine? Was sage ich ihr denn? Egal. Überlege ich mir auf der Rückfahrt. Vielleicht kann ich es ihr dann sogar erzählen. Aber so sorgt sie sich nur, oder regt sich auf. Oder schlimmer, erzählt es ihren Freundinnen weiter. Und wenn es Anke oder Eva erst mal wissen, dann weiß es bald niemand mehr nicht. – Kopfhörer ins Ohr! Incunabula. Und die Landschaft zieht vorbei, als wäre sie dafür gemacht. Der Schaffner. Wie machen die das, dass sie immer wissen, wen sie schon kontrolliert haben? Lese ich noch ein paar Seiten. Und dann hole ich mir einen Kaffee. Setze ich auf die Spesenrechnung!

Frankfurt. Den Rucksack runter. Umsteigen. Pünktlich. Genug Zeit für den Gleiswechsel. Anderer Zug. Als müsste ich Fährten verwischen. Erst kurz nach neun. Und schon so weit gefahren. Einen Hunger hab ich. Alles während des Lesens gegessen und habe es kaum gemerkt. Hätte mehr mitnehmen sollen. Bin richtig verfressen. Bestimmt nur die Aufregung. Noch schnell ein belegtes Baguette mit auf den Weg. Zeit genug. Ja, bitte nur mit Käse.

So, der Zug schon da. Prima. Genug Platz. Hier kann ich jetzt wieder fast drei Stunden sitzen. Dauernd das Rausschauen. Oder ins Buch. Keine Lust mehr. München–Antwerpen, ich spinne! Was tu ich denn da? Ich hab Angst. Ich bin müde. Noch ein bisschen Schlaf. Lesen kann ich später noch genug.

Was? – Ach, die Fahrkarte, ja natürlich. Neuer Zug, neuer Schaffner, neuer Stempel. So. Wo sind wir denn? Habe ich lange geschlafen? Schon zwölf? Ganze zwei Stunden! Gut, dass ich wach bin. Hätte die Station verschlafen können. Immer noch müde. Aber das Wetter wird besser. Doch noch die Sonne und Himmel. Über die Grenze sind wir wohl schon. Jetzt muss ich bald umsteigen, Zug Nummer drei, der vorletzte.

Da kommt er. Läuft ja reibungslos alles. Der ist nicht so geschleckt. Älteres Semester. Hat nichts vom Flugzeug. Aber der Rücken tut mir weh. Bin es nicht mehr gewohnt. Früher vier Wochen Interrail, hat alles nichts ausgemacht. Kein Wunder. Jetzt immer nur gebückt vor dem Rechner. Früher gab's keine Spam. Da konnte man anderes tun. Rucksack rauf. Gewöhne mich schon wieder daran.

Auf meinem Ausdruck steht Gleis vier, hier steht Gleis eins. Und da warten auch andere. Den Rucksack runter. Das dauert noch. Wie aus der Welt gefallen stehe ich hier. Und unwirkliche Farben. Ganz schön umständlich nach Antwerpen. Mit dem Zug, nicht mit dem Auto. Warum eigentlich, haben die Angst, dass man's an der Grenze filzt? Na und? Mit dem bisschen Bargeld. Oder soll ich wieder was nach Deutschland mitnehmen für die? Einen Sack Diamanten vielleicht? Das wäre es noch. Den trage ich in die Redaktion und schütte die Dinger auf den Schreibtisch meines Chefs, dann ist der Artikel jedenfalls gebongt! Durchsage ... doch auf Gleis vier. Stimmt mein Ausdruck also. Rucksack wieder hoch. Und jetzt laufen, der Zug kommt.

Der fährt endlich bis Antwerpen. Nicht mehr lang. Und habe dort noch den ganzen Nachmittag, den ganzen Abend für mich. Warum habe ich eigentlich den Zug in aller Früh genommen. Tourist spielen? Erst mal den Zeltplatz dort finden. Ist ein ganz schönes Stück vom Bahnhof, laut Internet. Mit dem schweren Rucksack. Aber das gehe ich! Hier ist Platz. Das sind noch Züge. Da kann man die Beine ausstrecken. Schon angenehmer als mit dem Auto. Oder die haben Angst, ich könnte einen Unfall bauen. Tja, dann kämen sie nicht an ihr Geld, wenn ich tödlich verunglücke. Können ja schlecht zur Polizei gehen und reklamieren, dass das nicht meines war, sondern ihnen gehört ...

Das ist mal ein Bahnhof! Ist das Marmor? Eine Riesenhalle. Und auch ein Kopfbahnhof wie in München. So, wohin? Das wird jetzt ein Gelatsche. Taxi wäre mir lieber. Aber ist so schon alles teuer genug. Bis man da mal rauskommt. In die Richtung müsste stimmen. Oder den Bus. Da stand doch, es geht ein Bus hin. Lieber warte ich hier. Kann doch nicht so teuer sein. Erst mal die richtige Nummer rauskramen.

Immer noch weit genug zu laufen. Hier bin ich. Camping de Molen. Und dahinter eine Windmühle. Ist die echt? Guten Tag. Wie sagt man hier guten Tag? Ein Zelt, ja. Nein, Auto keines. Sieht sie doch! Hier vorne gleich links? Ja, sehe ich. Da stelle ich mich hin. Wenigstens ist das billig hier. Für das Geld bekommt man bei uns kaum einen Parkplatz.

Zelt habe ich auch lange keins mehr aufgebaut. Aber das geht fix. Oft genug gemacht. Jetzt aber schnell. Sieht aus, als würde es gleich regnen. Na super. Da bin ich mal einen Tag weg und es regnet. Alles rein. Und jetzt die Heringe. Geht ja mit dem Boden. Anderen Pullover, der ist verschwitzt. Ich leg mich noch mal kurz hin. Den ganzen Tag nicht wach geworden. Nein, ich gehe gleich in die Stadt, sonst wache ich auf und es ist dunkel. Aber hoffentlich beobachten die mich nicht schon. Daran habe ich gar nicht gedacht. Das wäre blöd, dann denken die womöglich, ich schnüffle herum. Na und wenn schon. Egal. Ich gehe jetzt.

Der kürzeste Weg ist durch den Fußgängertunnel, hat sie an der Rezeption gesagt. St.-Anna-Tunnel. Schon lustig. Ich wohne in München in der

St.-Anna-Straße und das hier heißt genauso. Eigenartige Gegend. Die Hochhäuser und dann diese Häuschen dazwischen. Aber auf der anderen Seite sieht es ganz schön aus. Die Stadt. Vom Kirchturm überragt. Weit genug weg. Gut, dass ich vorhin den Bus genommen habe, sonst wäre ich schon total erledigt. Jetzt tröpfelt es wirklich. Und ich natürlich keinen Schirm dabei. Wenigstens ist es nicht kalt. Hunger habe ich und Lust auf ein Bier.

Das muss es sein, da warten schon ein paar. Hier geht es runter zum Fußgängertunnel. Ein Backsteingebäude. Das lieben die hier. Ganz schön mächtig. Fast eine Festung. Früher war das bestimmt sehr futuristisch. Die Zukunft. Da kommt der Aufzug. Nicht schlecht, der ist ja riesig! Und jetzt geht es runter. Stimmt die Anzeige? Einunddreißig Meter hinunter. War ich überhaupt mal so tief unter der Erde? Ja, natürlich, als Kind, Berchtesgaden, das Salzbergwerk. Die Türe geht auf. Wow! Einfach ein gerades Rohr, so weit man sieht – und da spaziert man mir nichts, dir nichts unter dem Fluss durch. Dreitausend Euro in der Hose.

Wieder oben. Schade, dass ich nicht die Holzrolltreppen nehmen konnte. Gesperrt. War ein ganz schönes Stück. Ein bisschen wie in Laim unter der Bahn durch. Am besten halte ich mich Richtung Kirche.

Schöne Häuser. Und Fußgängerzone. Sieht nett aus alles. Aber warum ich hier bin, das glaubt mir doch keiner. Pommes. Ach, das wäre nicht schlecht.

Und nicht zu teuer. Nehme ich. Groß? Ja, groß! Welche Sauce? Mit Majo. Das andere kenne ich nicht, außer Ketchup. Wie viel haben die denn hier? Das sind ja mehr als zehn Sorten. Nächstes Mal probiere ich was Neues. Aber das dauert. Die geben jede Portion frisch in das Fett. Aufs Klo müsste ich auch mal, jetzt mach schon.

Lecker. Viel dicker als in unseren Fastfood-Läden. Mit der Majo hat er es auch gut gemeint. Aber langen ganz schön zu mit der Sauce. Fast ein Euro extra! Der Brunnen mit der Hand. Den habe ich im Netz schon gesehen. Abgeschlagen und jetzt weggeschleudert, Hand-werfen, Ant-werpen ... Hoffentlich tun die mir nichts, aber ich bin ja auch verrückt. Egal, jetzt bin ich hier! Wird schon schief gehen, das Ganze. Trinke ich erst mal ein Bier. Hier sieht es doch gar nicht so schlecht aus.

Und was nehme ich jetzt? Vielleicht das, was der da hat. Ja, dasselbe für mich. Zapft sie aus dem Fass, das ist schon mal gut. Danke. – Lecker! Aber wahrscheinlich ganz schön stark. Ausruhen. Mir tun die Füße weh. Ich alter Mann. Das gibt's doch nicht. Muss unbedingt wieder fitter werden. Wirklich gut, das Bier. Da nehme ich gleich noch eins. Oder ein anderes? Ja, lieber ein anderes, zum Vergleich. Wenn es schon so viele verschiedene gibt. Wäre doch schade. Vergleichen mit Augustiner. Aus einer Bierstadt in eine Bierstadt. So, das war das De Koninck. Sie schaut her. Ein Duvel, bitte. Die verstehen ja ohnehin Deutsch hier. Das Glas gefällt mir nicht so gut. Eine Tulpe. Aber schmeckt auch. Noch stärker? Würde mich am liebsten durchtrinken. Aber vielleicht sehe ich mir besser gleich jetzt was von der Stadt an. Der Abend ist noch lange genug. Und das Treffen morgen ist ja erst um zwei. Genug Zeit für einen kleinen Rausch und trotzdem noch Frühstück. Allerdings sollte ich fit sein. Auf der Höhe und konzentriert. Scheiße, bin ich aufgeregt. Weiß nicht, ob das eine gute Idee war.

Rum um die Kirche. Ganz schöner Wind. Und hinein gehe ich auch. Lieve Vrouw. Heißt schon wieder wie bei uns, Frauenkirche. Welche wohl größer ist? Keine Ahnung. Hier sitzen Engel auf der Orgel. Und alle stehen da vorne vor den großen Bildern. Muskelmänner, die Jesus ans Kreuz schlagen. Und hier wird er wieder abgenommen, schon weichere Züge. Rubens. Die in der Alten Pinakothek sind noch gewaltiger. Einmal durchs Hauptschiff gelaufen, das reicht. Draußen regnet es nur. Sightseeing-Ende, ich mag nicht mehr. Ich suche mir besser eine Kneipe. Ein paar Seiten Brinkmann. Und später esse ich noch was und trinke weiter. Ich spinne ja, ich bin ja verrückt …

Westmalle. Corsendonk. Leffe. Das Orval schmeckt mir! Das wird ja immer besser. Immer besser, nicht schlecht! Das Augustiner dagegen. Hmm, schwierig. Orval. Auch mit Goldrand. Ganz schönes Glas. Aber ein Humpen und na ja, die Schrift ziemlich brachial. Habe ich Schaum auf der Nase? Kann man sich jedenfalls merken, die Trappisten. Und jetzt noch was Dunkleres. Chimay. Rot oder weiß oder blau? Westmalle Dubbel, Westmalle Tripel, Rochefort acht, Rochefort zehn. Welches denn? Oder Delirium Tremens. Ja sicher. Das kommt erst später.

Wie viele Biere waren das? Nicht wenig! Und heim durch den Tunnel. Kann mich kaum noch erinnern. War weit. Und gut nass im Regen. Aber geschlafen wie ein Stein. Habe ich ein Aspirin dabei? Wie spät? Zehn. Das geht ja. Scheiß Sauferei, scheiß Kater. Alles tut weh. Bin ich nicht mehr gewohnt, die Isomatte. Hat immer ein paar Tage gedauert. Erst so hart. Dann vergisst man's. Heute Abend weiß ich schon mehr. Hoffentlich geht das gut. Verlacht will ich nicht werden. Egal. Soll lachen, wer will. Zelten. Wie lange ist das her? Früher immer. Die Interrail-Zeit. Bei Regen und Sturm, wenn es keinen Zug mehr gab, in den man sich über Nacht legen konnte, um wieder woanders aufzuwachen. Ein Tag im Norden, einer im Süden. Bahn-Nomaden. So wird man älter. Und dann macht man es einfach nicht mehr. Und macht man es doch wieder, merkt man, dass man es nicht mehr kann, nicht mehr will. Alles ist unbequem. Man spürt die eigenen Knochen anders als früher. Da sind sie noch gewachsen. Da war alles noch im Kommen. Und jetzt? Das Bier war trotzdem nicht schlecht. Trappisten. Sind das die mit der Tonsur? Bibel lesen und Bier brauen. Auch eine Art zu leben. Und Bier trinken natürlich. Macht so schön träge. Mindert die Geschwindigkeit. Nicht alles so schnell. Christine. Mehr Zeit. Blauer Himmel. Sieh an. Erst mal aufs Klo. Das geht dann schon wieder. Und jedes Bier in seinem eigenen Glas. Die brauchen Platz hinterm Tresen. Unter die Dusche. Ich lasse mir Zeit. Nein, bin ich noch nicht gewohnt dieses Bier. Oder war es ein zu großes Durcheinander? Aber gut eingeschlafen. Da war mir nichts mehr zu hart. Ratzfatz war ich weg. Viel ist nicht los auf dem Zeltplatz. Die sind alle schon unterwegs. Nicht so hart im Biertesten wie ich. Heute esse ich mehr Pommes, dann kann ich mehr trinken, ohne dass es so reinhaut. Die sagen hier Fritten? Mann, ist mir flau. Nicht an die Majo denken. Ich brauch einen Kaffee! Das Geld? Liegt im Zelt. Ganz schön blöd, aber weiß ja keiner. Lieber ein bisschen beeilen. Alles im Zelt. Ausweis und Schlüssel. Hereinspaziert, Selbstbedienung. Bei mir landet das Geld ja auch einfach so auf dem Konto. Ein Anlass zu reisen.

Jetzt aber alles einstecken. Das Glück nicht zu sehr herausfordern. Geduscht und frisiert und jetzt los. Genug Zeit, kurz nach halb elf – das wird noch lang werden, bis zwei.

Endlich sitzen. Das ganze Gerenne. Omelett ist gut. Und viel Brot. Das saugt auf. Hätte gerne eine Zeitung. Oder wenigstens Radio. Noch einen Kaffee, bitte. Allmählich geht es. Danke! Nein, Milch brauche ich nicht.

Jezusstraat. Da ist der Spar. Und gegenüber eine Bank. Wie in der Mail. Alles ein Film. Aber was für einer? Also gut, setze ich mich. Mir ist richtig übel. Erst viertel vor zwei. Herzklopfen bis in den Hals, beruhig dich, die tun dir doch nichts, mitten in der Stadt. Viel zu viele Passanten. Hier wollen die mich treffen? Wenigstens regnet es nicht mehr wie gestern. Und ich darf jetzt warten. Dass ich abgeholt werde, wie ein verlorenes Kind. Der kleine Thomas Vogel sucht seine Eltern, bitte kommen Sie zur Kasse und holen ihn dort ab. Er hat dreitausend Euro Finderlohn dabei. Gegenüber vom Spar. Wer kommt denn auf so was? Total bescheuert. Da sitze ich vor einem Supermarkt und warte. Die wollen mich vorführen! Versteckte Kamera. Bestimmt gibt es so was auch in Belgien. Aber ganz schöner Aufwand. Was soll's. Die dreitausend Euro darf ich dann bestimmt behalten. – Da hinten kommt einer. Der sieht so aus. Hut ins Gesicht gezogen und jetzt dreht er sich um, ob ihm jemand nachgeht. Der ist es. Na Prost, aufgepasst jetzt. – Vorbei. Der war es nicht. Auch noch zu früh. Geht ja andauernd wer vorbei. Fußgängerzone. Supermarkt. Und keine Ahnung, von welcher Seite. Der hält in jeder Hand eine Bierflasche und schlägt sie ständig gegeneinander. Bing bing. Bing bing. Und schlendert, als habe er sonst nichts mehr vor. Klimper klimper. Kommt zu mir. Nein, jetzt biegt er ab, verschwindet im Supermarkt. Fragt er die, ob sie ihm seine Flaschen aufmachen? Noch niemand, der so aussieht, als ob er in Frage käme. Aber der? Das ist ein Schrank von einem Typ. Kommt auch näher. Mindestens einen Kopf größer als alle anderen. Und zweimal so breit. Na servus! Hoffentlich der nicht! Super, kommt schnurstracks auf mich zu. Cool bleiben. Körpersprache! Nicht die Arme verschränken. Jetzt bleibt er vor mir stehen. Solange er nichts sagt, gebe ich ihm das Geld nicht! Starrt mich an. Soll ich was sagen? Auf was wartet der denn? Auf Dänemark oder so was? War doch nichts ausgemacht. Oder die Bank gehört ihm. Also sprich oder schleich dich. Tatsächlich, jetzt tummelt er sich, geht weiter. Nein, er kommt zurück? Und hinein in den Supermarkt. Na also. Hat nur überlegt, was seine Tussi ihm aufgetragen hat mitzubringen, oder so was. Und ich noch nervöser. Links, rechts, links, rechts. Jeder kann es sein und niemand ist es. Die haben mich gelinkt. An der Nase rumgeführt. Da kommt gar niemand mehr. Ich bin aber auch schön blöd. Wie lange warte ich denn jetzt noch? – Zehn nach. Ob ich das Geld einfach liegen lassen soll? Nein, das geht nicht. In zehn Minuten bin ich weg. Die können mich mal. – Mann, die hat hochhackige Schuhe! Und ganz schön geschminkt. Wie vom Laufsteg. Aber sieht spitze aus. Und hinein in den Supermarkt. Was wird die wohl kaufen? Wasser? Gin? Da trifft sich ja Gott und die Welt, da drin. Und ich sitze hier und schau zu. Wie im Theater. Da kommt der Schrank wieder. Was der mich dauernd so anstarrt. Jetzt geht er. Zum Glück. Spartüte in der Hand. Sieht bei ihm aus wie Spielzeug. Und der? Das war der mit den Bierflaschen. Kommt wieder. Hat er die jetzt da drinnen getrunken? Getorkelt ist er ja vorhin schon. Oder abgestellt und vergessen. Schon viertel nach. Immer noch niemand. Die haben mich drangekriegt. Da, das Model kommt zurück. Die ist wirklich hübsch. Die Lippen. Wahnsinn. Jetzt hat sie gemerkt, dass ich sie anstarre. Sieht mir direkt in die Augen, geht direkt auf mich zu. Ob hier noch frei ist? Ja, sicher! – Moment. Woher weiß die, dass ich deutsch bin? Ich habe also gut hergefunden? Ich? Ach so. Ja, sicher! Das gibt es doch nicht. Sie soll mich hier abholen. Wohin? Wir gehen nicht weit, sagt sie und blickt mir wieder in die Augen. Nicht weit? Schüttelt den Kopf und steht auf, und ich folge ihr. Gott sei Dank! Nicht der Schrank und niemand sonst. Mit dir gehe ich überall hin, wer du auch sein magst!

Da hinein, sagt sie. Da rein? Und du? Sie hat mich nur hergebracht. Und wer da drin ist, was da passieren soll. Sie weiß es nicht, sagt sie, sie hat mich nur hergebracht, ich soll doch bitte hineingehen. Scheiße. Und drin ziehen die mir einen Knüppel über den Kopf? Ihre Augen betteln ja fast. Ich gehe, wenn du mitkommst. Das geht nicht, sagt sie. Warum nicht? Sie darf nicht, das geht sie nichts an.

Na und mich? Was geht es mich an? Bitte, sagt sie noch mal, wir sind da. Dass ich gehen soll. Gehe ich halt. Sonst meint sie noch, ich bin ein Feigling. Was soll's. Das Geld habe ich und was wollen die mehr. Lösegeld für mich wohl kaum. Wer soll das schon groß zahlen? Mir ihr Gesicht einprägen. Sie nickt. Mann, ist die süß. Ich will dich wiedersehen. Sie nickt und deutet mit der Hand auf die Türe. Ja, ich habe es schon begriffen, ich gehe. Jetzt gehe ich, mal schauen, was kommt.

Ein dunkles Treppenhaus. Und jetzt? Sie hat nichts gesagt. Hier warten? Oder einfach nach oben gehen? Die Türen probieren? Nach oben! Hallo? Raufkommen soll ich und keinen Lärm machen. Aber der schreit doch durchs ganze Treppenhaus. Also gut. Dann halt die Stufen rauf. Jetzt ist es eh schon zu spät. Reinkommen und Tür zu!

Ganz schön finster. Da sitzt einer mitten im Zimmer. Das Zimmer ist leer. Nur der und noch ein Stuhl. Der hat ja eine Maske auf. Eyes wide shut. Und Handschuhe. Hinsetzen, sagt er. Hellblaue Augen. Was mach ich hier. Das Geld habe ich dabei. Das gebe ich dem jetzt, und dann schaue ich, dass ich hier wegkomme. Dänemark, ein anderes Losungswort weiß ich nicht. Das Geld. Ob ich das Geld dabeihabe? Ja – das Geld ... euer Geld, hier ist es. Was meint der denn? Fahre extra nach Antwerpen, um dem zu sagen, dass ich die Piepen nicht dabeihab? Er kann ruhig nachzählen. Aber ich weiß immer noch nicht, warum das auf meinem Konto gelandet ist. Noch mal komme ich nicht! Ich habe nichts damit zu schaffen. Ich habe nichts damit zu tun, hören Sie?

Das sehen wir noch, sagt er und nickt. Sehr gut, alles da, fehlt nichts. Hier, und gibt es mir wieder. Ich soll es behalten. Wie, behalten? Sagt, es ist meines, wenn sie sich weiter so auf mich verlassen können. Was soll das heißen? Ich soll einfach nur das Geld abheben, das auf mein Konto geht, und es hierher bringen, sagt er. Das ist alles. Aber ... und habe ich richtig gehört? Ich behalte davon zehn Prozent. Zehn Prozent, jedes Mal? Er nickt, ja, und die Summen werden größer sein als diesmal, sagt, da bleibt mir schon genug übrig. Ein paar Tausender jede Woche. Jede Woche? Ja, und ich soll das einmal die Woche bringen. Kann ich mein Zelt ja gleich stehen lassen ... Aber da ist doch was faul! Da kommt doch bestimmt bald die Polizei oder die Steuerfahndung. Das geht doch nicht. Und ob das geht, sagt er, und so schnell kommt da niemand. Was soll das? Warum mein Konto. Geht mich nichts an, sagt er, ich soll schön machen, was sie sagen, dann geht es mir gut. Und später soll ich sagen, sie haben mich erpresst, gedroht, meiner Freundin was zu tun, falls ich zur Polizei gehe, ganz einfach. Dann werde ich ein bisschen ausgefragt und das war's – ich bin fein raus. So einfach? Und das soll ich glauben? Ich glaub denen gar nichts. Ist schließlich nicht das erste Mal, sagt er, ob ich etwa glaube, dass ich ihr erster Kurier bin? Kurier, so heiße ich also? Und der spricht ja gut deutsch! Na ja, können wohl die meisten hier. Die Schöne draußen ja auch. Ob die auf mich wartet? Hoffentlich. Und er sagt, dass ich doch bestimmt keinen Ärger will. Und dass ich das Geld doch sicher gut brauchen kann. Könnte ich, ja! Aber das wird mir doch eh wieder weggenommen, wenn's mal rauskommt. Nicht, wenn ich nicht blöde bin, sagt er. Sagt, ich muss immer sofort alles abheben. Auch meinen Anteil. Ich soll meinen Anteil lassen, wo ich will, nur nicht auf der Bank. Und später sage ich dann, ich habe denen alles gegeben, sagt er, und ob ich verstehe? Ja, ich hab es verstanden. Bleibt mir wohl nicht viel anderes übrig. Aber bloß nicht übertreiben, schön langsam. Keine großen Ausgaben für Protzereien, sonst fällt es auf. Klar, blöd bin ich nicht. Und mehr hab ich nicht zu tun, sagt er, Geld abheben, Zugfahren und es mir hier gut gehen lassen. Jeden Freitagmorgen soll ich den Zug hierher nehmen und jeden Sonntagmorgen zurück. Warum Englisch? Wie, fragt er, Englisch? Na, die Mails, warum nicht gleich auf Deutsch? Ach so, das hatten sie schon, ihre Vorlage, international, geht überall, sagt er. Deutsch klingt doch unglaubwürdig. Und Englisch klingt nach Spam, aber was soll's, ich mische mich da lieber nicht ein. Noch was! Wenn ich mal Post für sie habe, soll ich sie mitbringen. Welche Post? Das sehe ich dann schon. Wenn jemand geschäftlich schreibt, einfach mitbringen. Kommt ohnehin fast nie vor. Fragt, wo ich wohne. Wo ich wohne? Das wisst ihr doch. In München. Nein, hier, wo ich hier schlafe? Ach so, auf dem Zeltplatz. Schaut mich an, als wäre ich debil, warum heften alle ständig diesen blöden fragenden Blick auf mich. Doch nicht auf dem Zeltplatz, befiehlt er, als sei ich sein Untergebener. Sagt, das muss aufhören, geht niemanden was an, wann ich hier bin. Véronique wartet draußen, sagt er. Sie wartet auf mich! Véronique heißt sie also. Sie hat ein Zimmer für mich, sagt er, und sie bleibt bei mir, wenn ich mag. Wenn ich mag. Und ob ich mag. Und wie ich mag! Sagt, ich kann mit ihr machen, was ich will, sie ist schon für mich bezahlt. Bezahlt? Ja, bezahlt. Und Véronique ist gut. Ich soll sie mir nicht entgehen lassen. Höchstens eine von tausend ist so wie sie. Lupenrein, wenn ich verstehe, was er meint, sagt er, und da glänzt Speichel an seinem Mund.

Eine von tausend. Na toll. Eine Nutte. Die haben mir eine Nutte gekauft. Ich sehe sie tatsächlich wieder und weiß nicht, ob ich noch will. Bei ihr soll ich absteigen, sobald ich ankomme, sagt er. Und sie hat die Information, wann ich ihn treffe. Wenn sie mir mal nicht mehr gefällt, dann soll ich es ruhig sagen, dann bekomme ich eine andere. Na toll! Und das war's, ich kann gehen, und streckt den Arm Richtung Türe. Ganz klar, ich bin hier der Befehlsempfänger. Warum eigentlich? Was ich so schaue, will er wissen, ob noch was ist. Ja, es ist noch was. Wie lange soll ich das machen? Das wüsste ich schon gerne. Ein paar Monate vielleicht, sagt er, dann ist es genug. Und keine Angst. Was ich sagen muss, wenn wer kommt, hat er mir ja schon erklärt. Und ich kenne ihn ja nicht, ich kenne sie alle ja nicht, kann nichts über sie sagen, ist also alles kein Problem. Mir tut niemand was. Mir tut niemand was? Nein, sagt er. Und dass ich gut verdiene dabei und jetzt gehen soll, Véronique wartet. Gehe ich also.

Oben das karge Zimmer. Seine Maske. Der hat wirklich nichts Auffälliges. Und das Geld habe ich immer noch. Hat es sich zumindest gelohnt. Aber das geht doch nicht. Dunkel hier, im Treppenhaus. Soll ich das wirklich machen? Der hat mich richtig überfahren. Das ist Wahnsinn. Aber eine tolle Geschichte! Das wird doch in jedem Fall was. – Da ist sie ja tatsächlich! Und sieht mich und fragt, ob wir gehen.

Ja, gehen wir! Nutte. Und sieht so umwerfend aus. Nimmt meine Hand und zieht mich davon. So ein ganz anderer Elan als Christine. Und jetzt scheint die Sonne. Ein Kitsch, die ganze Szenerie. Wie aus einem Spam-Versprechen. Ich bin in einem Film, folge ihr wie frisch verliebt. Die glatte Haut ihres Gesichts. Ihre langen, schwarzen Haare. Der Mund tiefrot. Ihre Lippen. Bekomme schon einen Steifen, wenn ich nur ihre Lippen ansehe. Und dreitausend Euro in der Hosentasche. Nur hergefahren, damit die mir sagen, ich soll das Geld behalten. Das ist doch verrückt alles. Alles verrückt.

Da sind wir, hier rein, sagt sie. Aber das ist doch ein normales Wohnhaus. Das ist doch kein Puff. Normale Treppe und einfach eine kleine Wohnung.

Ich soll's mir bequem machen, sie geht nur schnell ins Bad. Sofa, breites Bett, Blick auf Straßenzüge, helle Vorhänge und nirgends Plüsch. Nein, das ist kein Bordell. Kleine Küche. Einbauschrank. Ein Brett mit ein paar Büchern. Gestapelte Modezeitschriften. Mal sehen ...

Umgezogen, Strümpfe, Strapse, Mieder. Ob sie mir gefällt, fragt sie. Na und ob, Véronique, so wie du hat mir noch keine gefallen, du bist sensationell! Wenn ich auch noch ins Bad will, sie hat mir ein Handtuch hingelegt. Ja, ich will, ja. Ist das deine Wohnung? Diese Augen! Sieht mich an. Vorübergehend, sagt sie. Wie vorübergehend? Nur zurzeit, sagt sie, eine Kollegin von ihr wohnt hier, aber sie ist ein halbes Jahr ins Ausland. Eine Kollegin? Eine Nuttenkollegin? Ich geh mal kurz.

Hell gefliest. Kein Fenster. Ablagen. Parfums, Schminke, Föhn. Großes Waschbecken. Eine Badewanne. Erst aufs Klo und dann kurz unter die Dusche. Machen, was ich will. Aber gut auf meine dreitausend Euro aufpassen. Die kann ich wirklich gebrauchen. Damit komme ich aus den Miesen.

Badewanne und eine eigene Dusche. Gutes Bad. Und die Dusche kann man richtig zumachen. Glastüre. Wie hasse ich meinen blöden Duschvorhang daheim. Kaum hängt er ein paar Monate, wird er glibberig und von unten wächst der Moder hoch.

Alles sauber hier. Und Véronique wartet draußen. Ich glaube, ich mach's wirklich. Ich will. Der Spiegel beschlagen. Wische ich mit Klopapier drüber. Sehe gar nicht fertig aus. Nein, ich freue mich ja auch. Rote Backen. Die Haare etwas verstrubbelt, aber das macht mich in ihren Augen sicher nur lässiger. So, die Unterhose an, das reicht.

Für mich, sagt sie und gibt mir den Kelch. Prost. Hmm. Ist gut, der Sekt! Champagner, sagt sie. Ihr Mund. Willkommen! Die Unterhose hätte ich doch nicht mehr anziehen müssen, flüstert sie und geht in die Hocke – das prickelt schön, oder, wenn sie erst einen Schluck nimmt und ihn dann in den Mund?

Ja, Wahnsinn. Oh Gott, ihre Zunge. Will, dass ich mich hier aufs Bett fallen lasse – ob mir das gefällt? – soll sie so weiter? – ich soll sie ansehen, sie legt sich so auf mich – hier – ich soll sie auch küssen, wenn ich will – und ich darf ruhig in ihren Mund – ist doch ein schöner Anfang – und sagt, dann hat sie meinen Geschmack.

Habe ich geschlafen? Wie spät? So bin ich lange nicht mehr gekommen. So viel länger als sonst. Und sie liegt hier, neben mir. Ich weiß, wie sie schmeckt. Sie schmeckt gut. Wahnsinnig gut. Liegt hier bei mir. Und ihre herrlich festen Brüste schauen aus der Bettdecke. Hat die Augen geschlossen. Ihre Haare aufgefächert auf dem Kissen. Wo habe ich meine Uhr? Egal. Noch nicht so spät. Draußen hell. Die

Sonne muss scheinen, tastet sich durch die Vorhänge. Spätnachmittag.

Véronique, ich muss mein Zelt holen und mein Gepäck! Jetzt öffnet sie ihre Augen, sieht mich an, schielt zu meiner Hand, die mit ihrem Haar spielt. Es wird eine Weile dauern. Ist ganz schön weit, aber ich beeile mich.

Ihre Hand auf meinem Bauch. Ob sie mitgehen soll, fragt sie mich. Willst du, Véronique? Und sie sagt, ja, und ihre Hand wandert nach unten, greift ihn sich noch mal. So natürlich. So unverkrampft.

Sehr schön, gehen wir zusammen. Ich will immer bei ihr sein.

Pinkeln und anziehen. Sanftes Dämmerlicht im Zimmer. Das hat so gutgetan. Nutte. Nicht zu glauben. Das glaube ich nicht. Käme doch sonst kaum mit zum Zeltplatz. Sie mag mich. Kann mich nicht mal kämmen jetzt. Alles auf dem Zeltplatz. Ganz schön verwurschtelt.

Tut gut, an die frische Luft. Wieder ihre Hand halten. Immer noch wie verliebt. Sogar nach dem Sex noch. Gleich sind wir wieder beim Tunnel. Sie geht gerne auf die andere Seite, sagt sie. Sie mag den Blick auf die Stadt. Hat dort das Gefühl, dass sie über alles besser nachdenken kann. Véronique, ich kann gar nicht denken, wenn ich dich sehe!

Als tauchte ich unter allem weg. Einfach unten durch. Lasse die ganze bisherige Scheiße hinter mir. Kümmert mich alles nicht mehr. Bekomme eine Mail und mache einfach was anderes. Fühle mich freier. Rausgerissen aus dem alten Trott und schon lebt man wieder.

Thomas, wir laufen, ruft sie, das gibt einen schönen Klang. – Halt! und läuft mir davon. Hinterher. Wirklich toll, wie das hallt. Und die vorbeirauschende Tunnelwand. Hat ein paar Schritte Vorsprung, ruft, den bekommen wir noch!

Der riesige Aufzug. Noch steigen Leute aus. Das geht. Gleich habe ich sie eingeholt. Sie lacht. In meine Arme. Geschafft. Küss mich. Und hoch die Stockwerke. Rauf, nach oben, raus.

Ich soll mir die Stadt von hier aus ansehen. Wie eine Puppenlandschaft, ob ich das nicht auch finde? Und ihr Gesicht im Profil. Ja! Und der Dom ist schön. So schlank. Ohne Schwere ragt der Turm hoch, über alles andere. Sagt, man sieht ihn von überall. Und zieht mich weiter, sie zeigt mir jetzt den St.-Anna-Strand, sagt sie, gleich hinter dem Zeltplatz.

Die eigenartige Gegend von gestern. All die Hochhäuser, und dazwischen so was wie Reihenhaussiedlungen. Und ein Jachthafen. Hand in Hand, wie im Urlaub. So neu und doch fühlt sich alles vertraut an. Warm. Aufregend. Spaziergang. Hole mein Zelt, weil ich eine Bleibe gefunden habe. Eine Frau gefunden habe. Eine, die mir auf den ersten Blick schon gefallen hat wie keine andere. Können die hexen?

Da entlang, sagt sie, am Zeltplatz vorbei und wir sind gleich da.

Wie Urlaub. Tatsächlich. Wirklich Strand. Sandstrand. Den Fluss entlang. Schütteres Gras, Dünen, Sand.

Hier ist sie oft. Immer, wenn sie traurig ist, kommt sie her. Aber Véronique, bist du traurig? Nein, sagt sie, jetzt nicht. Da, die vielen Muscheln. Und das Meer? Das ist noch weit. Dort hinten. Man sieht es nicht. Ein riesiger Hafen. Nur Rotterdam ist größer. Deutet Richtung Meer und sieht mich an. Da draußen ist alles, was kommt, sogar ein Atomkraftwerk steht dort. Schwimmst du hier auch? Manche schon. Sie nicht. Ein seltsames Idyll. Da hinten schon die ersten Fabriken. Keine Ahnung, was da alles zusammengebraut wird. Geschäftig. Eine eigene Welt. Und hier fährt nur ab und zu ein Schiff vorbei, sonst ist es ruhig. Man glaubt, eine Biegung weiter kommt das Meer, Dünen, Natur – aber da sind die Chemiefirmen und riesige Lagerhallen und Schiffe, die so groß sind wie die Kathedrale. Kaum zu glauben. Ja, aber egal, sagt sie und fasst mich um die Hüfte, sie ist gerne hier, vielleicht deshalb. Ein Fleck Ruhe. Ein Zwischenland. Ich wohne in der St.-Anna-Straße, Véronique. St.-Anna-Straße? Und schaut fragend.

Ja, in München. Eine kurze Straße. Auch ein Stück Ruhe, mitten in der Stadt. – Eigenartig, nicht? Von der St.-Anna-Straße an den St.-Anna-Strand. Als ob es gleich nebeneinander wäre. Und so fühle ich mich auch. Sie bückt sich. Hier, die ist schön. Die schenkt sie mir, sagt sie und bläst den Sand ab und legt sie in meine Hand. Die nehme ich mit nach München. Ja, sagt sie, eine Muschel vom St.-Anna-Strand in die St.-Anna-Straße, von Antwerpen nach München. Warst du schon mal in München, Véronique? Ich mag ihren Namen. Schüttelt den Kopf, nein, nie, in Berlin eine Zeit. Du kannst mich besuchen. Nach München? Nein, das geht nicht, das geht nicht, sagt sie. Warum? Warum geht es nicht? Das geht jetzt nicht. Wir bekommen Ärger. Aber. Vielleicht später? Véronique, vielleicht ... und legt mir ihren Finger auf die Lippen. Leicht salzig. Schaut mich an. Küss mich ... komm ...

Unsere Fußspuren, unsere Blicke. Verwehte Haare. Die Luft. Nachher noch mal ins Bett mit ihr. Morgen. Morgen wirklich schon zurück nach München? Oder noch hierbleiben. Steht da hinten ein Angler? Nein, jemand, der Fotos macht. Idyll mit unsichtbarem Atomkraftwerk. Was man nicht sieht. Was man nicht weiß. Véronique. Habe ich mich verliebt! So ein herrlicher Tag und ich war noch vor Kurzem so aufgeregt. Wusste nicht, was mit mir passiert. Wie neu erfunden. Véronique, ich gehe jetzt das Zelt abbauen.

Ich soll das Gepäck schnell zu ihr reinlegen und dann gehen wir was essen, sie hat Hunger, sagt sie. Ja, ich auch. Und ein Bier. Tatsächlich, ich hab schon wieder Lust auf ein Bier. Ja, ein Bier, ich muss unbedingt ein Gueuze mit ihr trinken!

Gueuze? Trinkt sie genauso gerne wie Champagner, sagt sie. Manchmal sogar lieber. Ich werde es sehen. Gehen wir!

Hier rein, da bekommen wir ein gutes Omelette. Omelette? Hatte ich heute früh schon. Und davon werden wir satt? Sie braucht nicht mehr, sagt sie, aber ich kann was anderes nehmen, wenn ich mag. Und bekomme auch Fritten dazu, sagt sie. Ihr Belgier esst wohl zu allem eure Pommes, oder? Natürlich! Sieht mich an. Die braucht man. Wenn man zulegen will. Aber wie ich sehe, ist sie nicht fett, weil zum Nachtisch lässt sie die Fritten weg. Pfui Teufel! Tiramisu oder Mousse au Chocolat mit Pommes und Majo. Lecker, lacht sie. – Fragt, was ich nehme. Dasselbe wie du, Véronique. Alles wie du, bestelle einfach.

Und sie bestellt uns zwei Omelettes mit Champignons, Fritten mit Sauce und zwei Gueuze. Bin ich gespannt drauf, ich habe jetzt richtig Hunger. Und Durst, sagt sie, aber das Bier ist gleich da. Es kommt schon. Schöne Gläser! Schaut fragend, wie sage ich? Prost? Ja, Prost, zum Wohl, Véronique. Ein besonderes Zeug. Ob ich es mag? Ja, schmeckt mir. Erinnert ein bisschen an Sherry. Sie nickt, ja, und eben auch an Champagner. Lecker, ich glaube, daran gewöhne ich mich. Sie liebt es auch so, weil es sie anmacht, sagt sie, sie bekommt Lust auf Sex, wenn sie es trinkt. Véronique, ich brauch dich nur anschauen, dann bekomme ich Lust auf Sex. Den bekomme ich auch, sagt sie, die ganze Nacht, wenn ich will. Ja, ich will. Solange ich kann! Sie sieht mir in die Augen, ihr Blick, sie wird es mir lange hinauszögern, sagt sie, da kann ich sicher sein. Das glaube ich dir aufs Wort, Véronique, gehen wir? Nein, sagt sie, wir trinken noch eins!

Sie schläft jetzt. Und ich liege neben ihr. Der Tag ist vorbei. Was für ein Tag! Ich habe überhaupt keine Lust, morgen zu fahren. Will bei ihr bleiben. Die machen das gut, mit ihren Geldtransporteuren, das muss ich zugeben. Haben es geschafft, mich in null Komma nichts um den Finger zu wickeln. Ich will gar nichts anderes mehr, als möglichst oft nach Antwerpen. Hierher in unser kleines Nest. Unser Nest. Unser kleines Nest ...

Guten Morgen, Thomas. Und bringt mir Kaffee. Habe ich geschlafen? Natürlich habe ich, ich soll doch nur raussehen. Heller Tag. Wie spät? Viertel nach zehn. Dann muss ich mich beeilen, mein Zug geht gleich. Wann genau, will sie wissen. Fünf nach elf. Das reicht noch für eine Tasse Kaffee, sagt sie. Oder ich bleibe. Nehme einen anderen. Morgen, übermorgen. Das geht nicht, sagt sie, aber nächstes Wochenende sehen wir uns wieder. Freitag, ab sechs Uhr abends kann ich kommen. Kann es schon jetzt kaum erwarten! Ich gehe noch schnell duschen. Mist, verschlafen. Hätte sie gerne noch in den Armen. So mit ihr liegen und nicht aufstehen müssen. Aber ich fahre. Wer weiß, was sonst für ein Ärger ansteht. Ich bin ja nur der Geldkurier. Und ein Kurier muss natürlich hin und her, der muss auf Achse sein und nicht an einem Punkt ruhen. Aber ich will wirklich weg mit ihr. Jetzt, wo ich sie gefunden habe. Das war Fügung. Wirklich. Wirklichkeit. – Jetzt aber schnell. Véronique, kommst du mit zum Bahnhof? Aber sie mag lange Abschiede nicht. Hat meine Sachen schon zusammen. Was ich da mache? Ob ich telefonieren will? Nein, nur ein Foto. Damit ich dich bei mir habe. Kein Foto, sagt sie. Ach komm, bitte. Nein, das ist nicht gut. Dann lasse ich das Handy halt aus. Und kann ich dich erreichen? Mail oder Telefon. Es gibt sie nur echt, sagt sie. Ihre Arme um mich, ein langer Kuss.

Noch mal das Zimmer ansehen, das Bett, einprägen alles. Und ihr Gesicht. Ihre Lippen. Rucksack auf die Schultern und gehen. Bis in einer Woche. Warte auf mich. Ich freue mich. Ich freue mich so.

Knapp, aber jetzt will ich den Zug. Das geht schon. Schneller Schritt. Nächstes Mal weniger Gepäck, kein Zelt, keine Isomatte, kein Schlafsack. Laufschritt, wie auf der Flucht. Am Bahnhof noch was zu essen besorgen. Hat mir Kaffee gekocht. Aber ist nicht mit zum Bahnhof. Besser so. So war es schöner. Vielleicht. Nicht winken. Nicht aus dem Abteilfenster schauen, bis sie ganz verschwunden ist oder sich umdreht, weggeht. Kein Foto, keine Mail, keine Nummer. – Werd endlich grün, Ampel. Wie lange soll ich hier noch stehen.

Jetzt. Noch eine Viertelstunde. Das reicht. Vielleicht bekomme ich auch noch eine Zeitung. Ach, was soll ich damit. Habe ja immer noch das Buch. Und lieber noch schlafen im Zug, träumen. Daheim bin ich früh genug.

Fast das Umsteigen verpasst. Bin ich k.o. Aber an diese Reise werde ich mich jetzt gewöhnen. Jede Woche einmal hin, einmal zurück. Zugvogel. Weiterlesen. Zähes Buch. Und kalt. Mit den Stricknadeln und wie weit man die reinstechen muss, damit der Embryo abgeht, ohne dass die Frau stirbt. Eigenartiger Typ. Was lese ich das? Gestern mit Kondom. Gut so! Aber würde mit Véronique alles machen. Ungeschützt. Mit einer Prostituierten. Völliges Vertrauen. Auch ein Kind mit ihr. Warum nicht. Wäre nicht schlimm. Mehr wie wieder zu leben anfangen. Und Krankheiten? Wenn sie was hat, will ich es auch. Wirklich? Ich bin völlig außer mir seit gestern. Woher kommt das, dass ich plötzlich an mein Glück glaube? Keine Jammerei mehr. Nicht wie bei Brinkmann ständig. Keine Angst. Einfach mal das genießen, was ist. Keine Sorgen mehr. Und Geld? Habe ich jetzt! Die Miesen sind weg. Na gut, auf dem Konto sind sie noch. Aber das lasse ich so. Alles immer abheben, hat er gesagt. Mein Geld nur nicht auf der Bank lassen. Da nimmt man es mir weg, wenn alles auffliegt. Aber wohin tue ich es. Einfach in die Wohnung? Klar, wohin sonst. Fällt mir schon noch ein, wohin.

Bin gespannt, wie viel noch kommt. Und wie die mich in der Bank ansehen, wenn ich dauernd so hohe Beträge abhebe. Aber was geht's die an! Ist doch mein Bier. Hätte mir ein Gueuze mitnehmen sollen. Für daheim. Na ja. Aber Véronique bringe ich nächstes Mal Augustiner mit. Damit sie mein Bier auch mal kennenlernt. Als ob das wichtig wäre ... aber schmecken tut es. Ach, ich döse jetzt noch bis Frankfurt, stelle mir den Wecker. Nicht, dass ich sitzen bleibe.

Eine SMS nach der anderen. Entgangener Anruf. Christine. Die hat es ja im Stundentakt probiert! Wo ich stecke? Noch eine: Melden soll ich mich! Die ist ja ganz außer sich. Noch eine: Dann geht sie eben alleine auf Evas Geburtstagsparty. Stimmt, die war ja gestern. Mach das, geh alleine. Da versäume ich nichts. Immer dasselbe Geschwätz. Bei mir war es besser. Aber was sage ich ihr? Ach, erst mal die Augen zu.

Noch zwei Stunden. Die Kopfhörer rein und dieselbe Musik wie auf der Hinfahrt. Incunabula. Wie oft habe ich das schon gehört? Und die Blicke aus dem Fenster auf die vorbeiziehende Landschaft. Als gehöre das zusammen. Ein Soundtrack. Alles Kino, seltsam. Noch zwei Stunden. Soll ich Christine anrufen? Was sage ich ihr? Dass ich weg war? Dass ich mein Handy aus hatte? Oder ich war krank. Daheim, im Bett. Nein, das glaubt sie nicht. Aber was dann? Rechercheireise? Für die Computer-Tag. Oder war wo eine Messe? Elektronik oder IT? Oder einen Freund besucht, in Berlin. Aber das glaubt sie nicht. Warum habe ich ihr das dann nicht gesagt? Nicht kurz angerufen. Also doch lieber die Recherchereise. Ganz dringend. Und das Handy habe ich blöderweise daheim vergessen. Das ist doch schon ganz gut. Na ja. Blöd ist sie nicht. – Besser gleich eine SMS. Liebe C, das ganze WE gearbeitet. Sorry. Bin heut Nacht zurück. Melde mich morgen. Kuss, T. So! Und jetzt gehe ich in den Speisewagen und hole mir ein Bier! Leider kein belgisches und auch kein Augustiner. Egal. Und ein Käsesandwich, ganz schön Hunger!

Endlich daheim. Na ja, eher leider! Wäre lieber in Antwerpen. Aber tut gut, den Rucksack abzustellen. Noch unter die Dusche? Morgen. Vielleicht haue ich mich mal wieder einen Abend vor die Glotze. Brauche erst noch was zu essen. Überhaupt keine Lust, noch mal rauszugehen. Aber was soll's. Vor zum Eck, Pizza holen, Bier holen. Dauert nicht lange.

Ein paar Minuten, aber das Stehen wird trotzdem immer lang. Leute anstarren, die zurückstarren wie man selbst. Primaten vor der Nahrungsaufnahme. – Endlich. Her damit.

Kleidung ausziehen. Ich glotze im Bett. Das Bier auf. Auch wieder gut. Ungewohnt leicht. Süffig. Und die Sardellen auf der Pizza jetzt genau richtig dazu. Im Fernsehen nur Käse, wie immer. Nichts Neues. Gestern Nacht war ich noch bei ihr. Immer dasselbe. Alle Programme rauf und runter. Wer hat das Zappen erfunden?

Noch früh und morgen kann ich schlafen, solange ich will, aber ich bin müde. Pizza alle, Bier alle, Tag alle. Glotze aus. Licht aus. Gestern Nacht war ich noch bei ihr. Sie hat mich angefasst. Geküsst. Ihre Zunge über meinen Bauch und die Leiste nach unten. Sie dann zu mir hochgezogen. Und war ganz eng an mir. Und uns erst ganz langsam bewegt. Wie süß sie gekeucht hat. Ganz hell und ganz sachte erst. Und ihre Beine um meine geschlungen. Und mich dann nach unten gedreht und sich auf mich gesetzt. Und das Kreuz durchgedrückt und die Haare nach hinten gestrichen. Und dann zu mir runter und ihre Brüste auf mir. Und ganz nah und uns in die Augen geschaut und … – Mist, wo hab ich ein Taschentuch!

Aber ich bin nicht der Einzige. Nicht der Erste. Steigen die anderen Geldbringer auch bei ihr ab? Ist sie zu ihnen genauso? Bläst ihnen einen und geht dann an den Strand und später Gueuze trinken? Schenkt ihnen am Bett Champagner ein? Bekommt jeder dieselbe oder geben die jedem eine eigene Frau? Ich bin ja verrückt. Und der hat mir doch gesagt, dass sie eine Nutte ist. Eine Nutte, nichts weiter. Und eine gute. Also gut! Eine Nutte also. Und wenn. War es nicht der schönste Tag meines Lebens. Bisher! Ich kann es kaum erwarten, wieder bei ihr zu sein. Herzflattern, Unruhe. Wie soll ich das aushalten, eine ganze Woche. Wie damals,

als ich das erste Mal verliebt war und dann nach nur zwei Tagen mit meinen Eltern in Skiurlaub gefahren bin. Das war eine Hölle, eine Qual, und ich habe die Stunden gezählt, die Minuten sogar.

Ist das die Klingel? – – – ja. Scheiße, wer denn so früh? Werbung, oder was nervt? Danke, jetzt bin ich wach. Und habe so gut geschlafen. Ja ja, komm ja schon. Moment. Wo ist der Bademantel? – Christine, du? Schaut mich an, Vorwurf. Warum ich nichts gesagt habe? Einfach weg und sie hat sich Sorgen gemacht. Das kam plötzlich, ich wusste vorher auch nichts davon. Warum ich nicht mal kurz angerufen habe? Christine, es tut mir leid. Ich war so eingespannt. Habe erst gestern im Zug gemerkt, dass mein Handy aus war. Es ist ausgegangen. Wackelkontakt im Akku oder so was. Und fragt mich, was ich eigentlich gemacht habe. Ja, was hab ich gemacht? Jetzt aber schnell. Raus mit einer Geschichte. Was sag ich? Ach. Langweiliges Zeug. Einen Computerhersteller besucht. Die haben da ein neues Produkt vorgestellt, wie man ein Handy mit der Haushaltselektronik zusammenschalten kann. Die von der Computer-Tag dachten, da ließe sich Wunder was für ein Report drüber machen, aber hat noch nicht mal richtig funktioniert, als sie das vorgeführt haben. Ist noch viel zu früh, was drüber zu bringen. Alles noch Betastadium. Ob die mir das wenigstens bezahlt haben? Wo ich die letzten Wochen doch immer nur gemeckert habe, dass kein Geld dabei rüberkommt. Ja, diesmal habe ich ganz gut verdient, ohne dass ich groß was dafür machen muss. Eigentlich macht so was meistens der stellvertretende Chefredakteur. Der lässt sich das normalerweise nicht entgehen, aber diesmal kam ihm kurzfristig irgendwas Privates dazwischen, eine Beerdigung, glaube ich, und da haben sie mich gefragt, und ich bin in letzter Minute eingesprungen. Ziemlich stressig. Konnte kaum noch mein Zeug für die Reise zusammenraffen. Und wo das war? In Genf. Aber nicht, wie du glaubst. Blödes Kongresszentrum. Alles spießig. Volles Programm. Von der Stadt habe ich gar nichts gesehen. Trotzdem scheiße, dass ich nicht einmal an sie gedacht habe, sagt sie, eine SMS, ein Anruf. Aber nichts! Tut mir leid. Ich war fertig. Dauernd Kopfweh. Habe mich hundsmiserabel gefühlt. Wollte dich nicht beunruhigen damit. Beunruhigen? Was ich denke, wie beunruhigt sie so war? Einfach verschwunden. Und sie alleine auf Evas Geburtstagsfeier. Sieht mich an, sagt, ich verheimliche ihr was! Na toll, was denn? Eine Geliebte? Glaubst du, ich habe eine Geliebte in Genf? Aber Frauen waren da doch bestimmt auch, oder? Wenn ich's mir überlege, Christine, viele nicht! Männerwelt. Aber keine Sorge, ich verheimliche dir auch nicht, dass ich in Wirklichkeit schwul bin oder so was. Idiot, schimpft sie, hör auf. Sie ist sauer und glaubt mir gar nichts. Gib mir einen Kuss, Christine. Später vielleicht. Heute Abend? Gehen wir essen? Ich lade dich ein. Na schön. So ganz ohne Anlass? Als Wiedergutmachung. Und weil ich wieder liquide bin. Zum Italiener? Und du erzählst mir alles von der Party, die ich verpasst habe. Sie ist einverstanden, ich soll sie abholen, acht Uhr. Wird gemacht! Und sie muss in die Uni. Bis dann.

Mist. Das wollte ich gar nicht. Ich habe doch jetzt viel lieber meine Ruhe. Will an Véronique denken! Andererseits ... vielleicht lenkt es mich ab und die Zeit vergeht schneller. Kann ja nicht eine ganze Woche lang nur herumsitzen. Mal sehen. Und was machen die Mails? War ja drei Tage geschlossen! Immer hereinspaziert. Wie Spermien schwallen sie an. Aufgestaut und jetzt entladen. Purzeln aus der Leitung mit ihrer windigen Botschaft. Viagra. Top-Muschis. Rolex. Und alles billig! Klar. Alles nicht echt. Fingertraining. Drücken Sie hundertmal hintereinander die Taste Entfernen. Irgendwann bleibt einem die Bewegung dann. Moderne Zeiten!

Kaffee! Und dann muss ich einkaufen gehen. Der Kühlschrank ist ein Witz. Und noch mal ins Bett. Klingelt mich in aller Früh raus. Wo ich war? Und hat sie es geglaubt? Werde schon sehen ...

Ich habe was verpasst bei Eva, war ein gutes Fest und alle waren da. Ja, schade – aber dafür habe ich mal gut verdient. Und was bin ich heilfroh, dass ich das verpasst habe – mit Véronique! Weißt du schon, was du nimmst? Die Tagliatelle mit Lachs, überlegt sie. Ich nehme den gebratenen Fisch und bestelle uns eine Flasche Soave dazu, der ist gut hier, kein Fusel. Eva hätte ich sehen sollen, sagt sie, die war gut drauf. Hat Wolfgang ganz in sich verliebt gemacht. Das ist er doch schon die ganze Zeit! Ja, aber nicht so. Jetzt ist er wirklich in sie vernarrt. Und sie? Spielt doch nur mit ihm. Macht sich lustig. Nein, das stimmt nicht. Sie mag ihn doch auch. Aber halt als Freund, nicht als Partner. Als Freund, nicht als Partner, na toll, das wird ihn aber freuen. Warum ich schon wieder so ein Miesepeter sein muss. Es war lustig und am Schluss waren alle betrunken. Wart alle betrunken und habt geknutscht und gevögelt. Ob ich spinne, fährt sie mich an. War nur Spaß. Hat sich dauernd gefragt, wo ich bin, wieder der Vorwurf, und ob ich im Ernst glaube, sie habe da mit jemandem rumgeknutscht? Nein, natürlich nicht, ich jedenfalls saß beim Abendessen auf diesem stinklangweiligen Kongress und durfte mir von meinem Tischnachbarn Geschichten anhören, wie er sein erstes Modem noch selbst zusammengelötet hat. Sagenhaft, sage ich dir. Langweiliger geht's kaum. Und sonst in Genf? Schöne Stadt? Ob du's glaubst oder nicht, ich habe nichts davon gesehen. Die Firma war ziemlich außerhalb in so einem Vorort, in Flughafennähe, und das Hotel direkt am Flughafen. So ein Klotz halt. Warum ich nicht in die Stadt gefahren bin? Viel zu müde. Musste ja am Samstag schon um viertel vor fünf raus. Fliegen und dann direkt zum Kongress. – Das Abendessen, Dinner haben sie es genannt, ging bis zehn, dann noch ein paar Gläser

Wein und um zwölf war ich im Hotel. Am nächsten Tag um neun wieder antanzen und dann am späten Nachmittag wieder zum Flughafen. Ich war echt fertig, als ich wieder hier war. Aber ich war doch mit dem Zug unterwegs, habe ich gesagt. Mit dem Zug? Ja, und erst auf der Rückfahrt gemerkt, dass das Handy aus war. Ja, so war's. Scheiße. Wie weiter? Was sag ich jetzt? – Ach so, ja, in der S-Bahn, vom Flughafen in die Stadt. Da habe ich es wieder angemacht. Und jetzt hat sie mich wieder, sagt sie und vielleicht machen wir ja nächstes Wochenende was? Ja, gerne, wenn nicht wieder ein Job kommt. Schon wieder? Ist das wahrscheinlich? Mal sehen, die Computer-Tag hat heute angerufen, und die meinten, der stellvertretende Chefredakteur fand das so ganz gut und möchte eigentlich in nächster Zeit nicht mehr am Wochenende arbeiten. Weißt du, der war fast jedes Wochenende unterwegs. Ob ich das jetzt machen soll, will sie wissen. Darf! Ja! Na super, sagt sie. Jetzt sei doch nicht sauer. Dafür muss ich mir dann endlich keine Sorgen mehr um mein Geld machen. War nicht lustig die letzten Wochen. Und warum machen die das immer so aufwendig, ein ganzes Wochenende. Weißt du, sind oft gute Hotels, alles gratis. Das ist so eine Art Bestechung, damit die Journalisten brav schreiben. Und wenn nicht? Werden sie vielleicht das nächste Mal nicht mehr eingeladen. Bestechung also, sagt sie. Und ob ich mich dann vielleicht mal von unterwegs melde und sie nicht einfach so sitzen lasse?

Natürlich! Und jetzt lass uns mal anstoßen. Ist doch ein schöner Abend! Auf dich! Und auf mich, sagt sie. Wieder besänftigt, und will, dass ich ihr einen Kuss gebe. Einen Kuss. Aber gerne. Süß ist sie ja. Und nur weil ich weg war, nicht so zugeknöpft wie sonst. Hatte Angst um mich. Der Wein ist gut. Und beim Kuss an Véronique denken. Arme Christine. Aber ich kann es ihr jetzt nicht sagen. Nichts sage ich. Niemandem. Bin doch nicht verrückt. Ah, das Essen kommt schon! Sehr schön. Habe ich einen Hunger. Schaut gut aus, und wünscht mir guten Appetit. Guten Appetit, Christine. Und kein Gueuze, keine Pommes.

Mit Christine essen. Mit Véronique essen. In München essen, in Antwerpen essen. In München beim Italiener, in Antwerpen an der Frittenbude. Mit Véronique ficken, mit Christine palavern. Ihre Promotion beschäftigt sie natürlich. Und Véronique? Ist fertig mit der Ausbildung. Die eine Doktor jur., die andere gelernte Prostituierte. Und ich der Kurier dazwischen. Hin und her. Pendle durch mein Leben, durch unser Leben. Heute hier und morgen dort, heute hü und morgen hott. Véronique, ich freue mich so auf dich. Ich will nicht mehr hier sein, ich will bei dir sein! Ja, schmeckt mir. Abwesend? Ich bin nicht abwesend, vielleicht nur ein klein wenig müde. Aber das gibt sich gleich wieder. Hier, ich schenke dir noch ein Gläschen ein.

Nachtisch gegessen, Espresso getrunken. Klatsch erfahren. Eva und Anke. Ich in Gedanken woanders und Christine rührt in ihrer leeren Tasse rum. Angeklebter Zucker am Boden. Zahlen bitte.

Und jetzt? Willst du noch was machen? Noch wo was trinken gehen? Nein, will sie nicht, sie mag heim. Heim? Ob ich mitgehe? Na gut, wenn du willst. Und trinken bei ihr noch ein Gläschen, sind ja ganz neue Töne, sonst ist sie immer gleich zu müde, muss schlafen.

Und der Depp hupt mich an, dieses Autoarschloch. Was denn, Christine, jetzt komm doch. Das gibt es nicht, sagt sie, sie kann das nicht sehen. Wie ich immer über die Straße laufe, sagt sie. So knapp. Irgendwann überfährt mich noch wer. Ist gut. Ich lasse mich schon nicht überfahren! Gehe ich halt langsam, komm her, so knapp war das doch gar nicht. Andauernd ihr Pass-auf-die-Autos-auf, ich kann es nicht mehr hören. Sagt, sie sorgt sich doch nur. Ach, wenn du wüsstest, Christine, du würdest dir noch ganz andere Sorgen machen um mich.

Untergehakt zur Haltestelle. Trautes Paar. Und kann sich gegenseitig nicht in die Gedanken sehen. Mit der Rolltreppe runter. Die späten Gesichter in der U-Bahn. Schlafgesichter und Hoffnungsgesichter. Auf morgen, auf einen neuen Tag. In Erwartung, dass er was bringen wird. Als beginne es morgen neu und gehe nicht einfach nur weiter. Bei mir hat es neu begonnen, vor ein paar Tagen. So neu. Ich kann es noch gar nicht fassen. Ich muss es ausstrahlen. Nur deshalb hängt sich Christine so ein und nimmt mich mit auf ihr Zimmer. Dort noch ein Glas Wein, warum nicht, vergeht das Warten schneller.

Den hat sie von Kilian zum Geburtstag bekommen, sagt sie, vor ein oder zwei Jahren, und so lange aufgehoben. Ein besonderer Chianti. Hat ihn liegen gelassen, für einen guten Moment. Den trinken wir jetzt! Wirklich, Christine, den willst du jetzt köpfen? Ja! Den trinken wir jetzt. Soll ich ihn aufmachen? Nein, sie will das mal selbst. Wird schon schiefgehen, lacht sie. Gib Acht auf deinen weißen Pulli, wäre schade drum. Den Pulli?, fragt sie, den ziehen wir jetzt mal schön aus. Wow! Schöne Spitze, sie wusste, dass ich da staune, sagt sie. Ja, steht dir wirklich gut. Sehr schön! Aber auch weiß. Und wenn da jetzt Wein draufspritzt? Ach was, schüttelt den Kopf, sagt, dass ich ja nur will, dass sie das auch noch auszieht. Aber sie spritzt nicht, sagt sie. Da, schon offen. Oben im Regal stehen die Gläser. Die großen. Ja, genau die.

Riecht gut. Schon beim Einschenken! Klar, sagt sie, den hat sie ja von Kilian, der kennt sich aus. Prost! Santé! ... – Lecker! Ob ich mal fühlen will? Was? Ihr meine Hand geben. Hier, irre, oder, die Spitze. Finde ich nicht auch? Fühlt sie sich nicht schön an? Ja. Und darunter erst. Sie lacht und sagt, Finger weg, aber sie lacht, und jetzt will sie einen Kuss.

Neben ihr aufgewacht, draußen schon hell. Heim, ganz benommen. Was ist bloß los? Monatelang ärgert sie mich mit ihrer Prüderie und kaum will ich nichts mehr von ihr, lande ich mit ihr im Bett. Einfach so. Nur, weil ich keine Anstalten gemacht habe, sie diesmal nicht bedrängt habe. Zack – und schon schläft sie mit mir? Richtiggehend verführt hat sie mich. Spitzen-BH. Seit wann denn? Und der gute Wein. Eine Kerze angezündet und dann doch plötzlich den BH ausgezogen und gefragt, ob ich ihre Brüste küssen will. Hätte ich vielleicht nein sagen sollen? Den Kopf schütteln? Und dann unter die Decke. Und ich glaube, es hat ihr ein wenig wehgetan, als ich rein bin. Nur kurz. Dann fand sie es auch schön. Sie hat gesagt, es war schön. Und für mich? Seltsam ... Die Erfüllung eines sehnlichen Wunsches, nachdem er keiner mehr ist. Und mir gesagt, sie liebt mich. Und ihr auch gesagt, dass ich sie liebe. Flau ist mir jetzt. Irgendwie beschissen! Dass ich sie liebe. Véronique. Wen habe ich jetzt betrogen? Dich Véronique? Aber du hast doch auch andere. Die dich bezahlen. Schlechtes Gewissen nach beiden Seiten. Vielleicht geht es? Véronique in Antwerpen, Christine hier. Aber ich bin nicht mehr verliebt in sie. Den Neubeginn will ich mit Véronique. Mit ihr will ich weg. Raus aus allem. Keine Scheißjobs mehr. Keine Sorgen. Und nie wieder Spam.

Das muss man sich mal geben. Was da so stündlich reinflattert. Der neue Trend! Mit privaten Nacktaufnahmen Geld machen. Jeder kann sich was dazuverdienen im Internet. Mit privaten Nacktaufnahmen und privaten Videos im Internet. Schauen Sie selbst. Wollten Sie nicht schon immer Frauen aus Ihrer Umgebung nackt sehen? Suchen Sie hier nach Ihren Arbeitskolleginnen und Nachbarinnen: Hier geht es zur Webseite. – Na klar! Aber wenn endlich mal neues Geld kommt, brauche ich kaum Nacktfotos, um mich über Wasser zu halten. Und nackte Arbeitskolleginnen brauche ich schon gar nicht. Habe was Besseres in Antwerpen und nicht nur als Fotografie! Scheiße, kann doch nicht die ganze Zeit am Computer rumhängen, die Zeit vergeht auch nicht schneller deswegen und wenn Geld kommt, erfahre ich es schon zeitig genug, muss die Stunden irgendwie rumkriegen ...

Was für eine Woche. Christine und Einkäufe und jeden Tag an Véronique gedacht. Und ein Tag nach dem anderen ewig. Und jetzt endlich wieder im Zug und bald da, bald bei ihr. Ab sechs kann ich kommen, hat sie gesagt, und kurz vor sechs komme ich an. Letzte Woche war ich noch früher. Aber zehn Stunden gefahren, und jetzt fahre ich kaum acht und steige nur zweimal um. Und kann morgens bis neun schlafen, muss mich nicht im Dunkeln aus den Federn quälen. Aber lag auch an dem Idiot von der Bahn, der mir nicht gesagt hat, dass es da solche Unterschiede auf der Strecke gibt. War ja froh, dass ich überhaupt was bekommen habe. Der war total überfordert. Fahren alle anders. Ich bin doch Kurier, da brauche ich eine schnelle Verbindung. Den Neunsechsundfünfziger nehme ich jetzt immer. Endlich zu ihr, war das eine Woche!

Ständig im Internet den Kontostand nachgesehen. Montag nichts, Dienstag nichts, aber am Mittwoch sechstausenddreihundert Euro. Nachmittags sofort abgehoben. Und tags drauf gleich noch mal zwei Eingänge. Vierzwei und viervier. Gestern geholt. Etwas mehr als letzte Woche! Vierzehntausendneunhundert Euro trage ich mit mir rum. Das passt nicht mehr in die Hosentasche! Und ein Zehntel davon ist meines! Gut, das sind noch keine dreitausend, aber als Wochenlohn langt es dicke. Da kann ich auch mit Véronique mal richtig gut essen gehen. Aufgeregt! Eine Woche – so lang, und endlich vorbei. Christine glaubt, ich bin unterwegs nach Warschau. Am liebsten wäre sie mitgefahren. Muss mir nächstens Städte aussuchen, die nicht zu interessant klingen. Nicht nach Reiseziel. Und ihr klar gemacht, dass ich das Handy aus lasse. Dass ich nicht SMSe und nicht anrufe. Dass ich an sie denke. Sie hat geschluckt. Eine SMS wäre schon schön, hat sie gesagt. Ich mag das nicht, ich hab das dick, habe ich ihr gesagt. Aber ich soll auf mich aufpassen. Ja, natürlich passe ich auf mich auf. Mach dir keine Sorgen, mach dir einfach ein schönes Wochenende, wir sehen uns am Montag. Und hatte so einen Kloß im Hals und hab mich gefühlt, als liefe ich über und über rot an, bis zu den Ohren. Scheiß Lügerei. Aber was soll ich denn tun. Sie unglücklich machen. Oder besser noch in Gefahr bringen, wenn sie von diesen Geschäften erfährt? Mumbay Diamonds! Diese Woche tausendvierhundertneunzig Euro für mich!

Letzte Woche waren es dreitausend. Und wird noch mehr. Läuft erst an. Gehe in München nur noch zur Zentrale. Nicht zu meiner kleinen Bankzweigstelle. Die hätten vielleicht gar nicht so viel Bares auf Lager. Wie viel so eine Bank wohl immer vorrätig hält? Immer gleich abheben. Nie warten, bis zu viel zusammenkommt! Aber jedes Mal ein ungutes Gefühl. Als fragten die sich, was ich mit dem ganzen Baren vorhabe. Als röchen die den Braten schon. Aber ist mein Geld, mein Konto. Und kommt ganz normal per Überweisung, immer wieder von anderen Schmuckläden. Da ist einer unterwegs in meinem Namen und vertickert denen das Geglitzer. Ob die echt sind? Bestimmt. Juweliere werden das ja wohl sehen? Geschmuggeltes Zeug? Diebesgut? Hehlerware? – Véronique, was geht es uns an! So, Kopfhörer runter, Musik aus. Alles rein in den Rucksack. Gleich bin ich da. Die zusammengeklöppelten Häuser. Lustig, jede Haushälfte komplett anders, als gälte es, nichts so zu machen wie der Nachbar. Gleich geht es hinein in den Bahnhof. Und ist schon wie Heimkommen!

Véronique, hoffentlich bist du da. Der Rucksack diesmal leichter. Viel leichter. Der Druck von den Schultern und auch nicht mehr die Angst. Der Weg vertraut und ich weiß ja schon, wohin. Hier die Haustüre aufdrücken und die Treppe hoch. Hier die Klingel. Bitte sei da!

Hallo Schatz, wieder zurück, öffnet sie mir die Türe. Ja, sie ist da. Véronique. Ich freue mich so!

Und umarmt mich. Schatz, nennt sie mich. Sie freut sich auch, ich sehe es. Nicht zu fassen, ist diese Frau schön! Ich soll es mir bequem machen, und ob ich Kaffee mag? Ja, gerne, Véronique. Endlich wieder bei dir. Wir machen uns ein schönes Wochenende, nicht wahr, sagt sie. Ja, das machen wir! Und hat eine Nachricht für mich. Eine Nachricht? Morgen um elf Uhr soll ich dahin, wo ich letztes Mal war, wo sie mich hingebracht hat. Ja, ich glaube, das finde ich. Um elf schon? Ja. Gut, wenn du mich weckst. Das wird sie hinbekommen, meint sie. Ihr Gesicht, ihre Augen, sie strahlt mich an. Véronique, schau, ich hab dir was mitgebracht. Hier. Was das ist. Bier?, fragt sie. Ja, Bier, mein Lieblingsbier aus München. Augustiner. Passende Gläser? Ach, weißt du, wir trinken das daheim alle aus der Flasche, so schmeckt es am besten. Sie ist gespannt und stellt es in den Kühlschrank, dann trinken wir es heute Abend! Und ein Gueuze will ich auch, Véronique, zum Vergleich. Kein Problem, das hat sie immer im Kühlschrank, das geht ihr nicht aus. Komm her.

Was für eine Nacht. Kein Vergleich zu Christine! Véronique ist so locker. Und Sex macht ihr wirklich Spaß. Jetzt schnell ins Bad und dann gehen wir frühstücken. Danach kurz die Piepen abgeben und wir haben den ganzen Tag noch vor uns. Mir geht es so gut. Saugut geschlafen. Ich bin fit. Obwohl wir ganz schön gesoffen haben gestern. Riesenportion Fritten geholt, mit dreierlei Saucen. Andalouse, Pili

Pili, Samurai. Ganz schön scharf. Dann das Augustiner, dann Gueuze. Das Augustiner mochte sie. Und hat mich gefragt, ob wir noch ausgehen, und ich habe den Kopf geschüttelt und sie ist in die Küche gegangen und kam zurück in Strapsen und in der Hand ein Glas Trappistenbier. Orval. Auch superlecker, das wusste ich schon. Keine Ahnung, wie viele wir davon getrunken haben. Wenig war es nicht. Und uns geliebt und rumgealbert.

Ich darf. Sie ist fertig. Aber ich soll mich beeilen, sie hat Hunger. Oh ja, ich auch. Ein riesiges Omelette will ich jetzt und Kaffee nicht zu knapp. Und einen Saft und Schinken. Aber pinkeln muss ich erst, und kurz unter die Dusche. Riecht gut hier, das ist ihr Parfum. So schön pudrig. Zähne putzen. Weg mit dem Pickel. Fertig!

Alle Blicke auf ihr. Egal wohin wir gehen. Die tollste Frau weit und breit. Noch ein Croissant? Gerne! Und dann das Omelette. Könnte essen für drei. In einer Viertelstunde muss ich mich auf den Weg machen, zum Mann mit der Maske. Mal sehen, was er zu sagen hat, aber er sollte zufrieden sein! Wo treffen wir uns dann, Véronique? Oder gehst du mit? Ja, ich weiß noch, wo es ist. Du hast nichts damit zu tun, sagst du? Wie du meinst. Gehe ich alleine. Und wo finde ich dich? Sie geht noch einkaufen und ich komme einfach in die Wohnung. Gibt mir den Schlüssel und sagt, ich soll es mir gemütlich machen. Gut. Dann gehe ich jetzt. Alles Gute, sagt sie, und wie sie es sagt, allein dafür schon müsste ich sie lieben. Ihre weichen Lippen. Könnte sie dauernd küssen. Ich zahle gleich! Möchtest du noch was? Einen Kaffee? Ja? Bestelle ich dir und du bleibst noch.

Das Geld habe ich. Alles klar. Nicht weit. Unscheinbares Haus. Bäh! Fängt an zu regnen. Noch eine Viertelstunde Zeit. Das schaffe ich leicht. Gehe zu schnell. Will nicht zu früh kommen. Schaue ich noch ein wenig in die Schaufenster hier. Die Fußgängerzone unterscheidet sich kaum von der in München. Nur die Fassaden, aber die Läden sind die gleichen. So viel Bares habe ich noch nie mit mir rumgetragen. Vierzehntausendneunhundert. Und tausendvierhundertneunzig davon für mich. Habe es gleich in zwei Umschläge. Und wenn ich dem Maskenmann aus Versehen den falschen gebe? In voller Absicht. Wäre schön blöd! Jetzt bin ich doch wieder aufgeregt. Auf was habe ich mich da eingelassen? Auf Véronique! Ob sie mich wirklich mag? Oder bin ich für sie nur ein Geschäft? Aber sie hat mir ihren Schlüssel gegeben!

So, fünf Minuten zu früh, aber sei's drum. Jetzt nur noch die schmale, dunkle Treppe hoch.

Wieder in der Maske und in Handschuhen. Ja, natürlich bin ich pünktlich! Irgendwelche Zwischenfälle, will er wissen. Nein, was denn für Zwischenfälle? Habe alles dabei. Und fühle mich wie im Theater. Wie viel ist es denn, raus damit, Befehlston. Hier bitte, alles in dem Umschlag. Vierzehntausendneunhundert. Das heißt, meine zehn Prozent habe ich schon abgezogen. Also dreizehntausendvierhundertzehn. Noch nicht mehr, fragend, leicht skeptisch, nun gut, dauert ein wenig, meint er, bis das anläuft, sollte aber in den nächsten Wochen deutlich mehr werden. Noch mehr? Allerdings, da kann ich mich gleich mal dran gewöhnen, ist ja nicht zu meinem Schaden, sagt er. Und den Zug zahle ich selber? Was ich denn denke, Spesen gibt es nicht noch extra. Und lässt sich Zeit. Zählt es ganz ruhig, Schein für Schein. Der ist kein bisschen nervös. Ist sich seiner Sache sicher. Nickt, sagt, dass es passt und ich kann gehen. Aber was stimmt denn mit euren Diamanten nicht? Keine Fragen, keine Probleme, verstanden! Ja natürlich, tut mir leid. Véronique, passt sie? Ja, und ob. Gut, sagt er, nächste Woche wieder. Wann und wo lassen sie ihr rechtzeitig zukommen.

Und bleibt sitzen mit dem weißen Umschlag im schwarzen Handschuh. Wie eine Puppe sieht er aus. Und ich wieder die Treppe hinunter und raus in die Luft und das Leben. Véronique, ich komme, kauf uns was Schönes!

Ganz nass. Jetzt schüttet es wirklich. Klamotten aus. Mal sehen. Ihr Bademantel. Passt. Wie weich der ist. Mach's dir gemütlich, hat sie gesagt. Schön warm in der Wohnung. Dann schaue ich mal in den Kühlschrank. Gueuze. Warum nicht. Hier, das richtige Glas habe ich auch schon. Und setze mich damit ins Bett. Das Buch aus dem Rucksack. Mal wieder ein bisschen weiterlesen. Schleppe ich immer noch mit und noch nicht mal hundert Seiten geschafft. Das ganze Gejammer. Das Kind, die Frau, die Wohnung, die Freunde. Der tut sich sehr leid. Kenne das. Vor zwei Wochen ging es mir ähnlich. So schnell wendet sich das Blatt ... Mein Gott, schmeckt das Gueuze gut! Sollte mir ein paar Flaschen mitnehmen diesmal. Für die Abende, an denen ich Sehnsucht nach ihr habe. Lieber nicht. So freue ich mich mehr darauf. Wäre traurig, das in München alleine zu trinken. Gehört hierher, nach Antwerpen. Aber wenn wir mal zusammen wegziehen, nehmen wir uns das kistenweise mit! Und auch Augustiner. Der Regen klatscht gegen das Fenster. Wahrscheinlich ist sie auch nass, wenn sie kommt. Kann ich sie trockenrubbeln. Und dann zu mir in den Bademantel. Hoffentlich kommt sie bald. Ist besser als das Buch. Mittag. So viel gefrühstückt und ich könnte schon wieder was essen. Das wird noch deutlich mehr, hat der Maskenmann gesagt. Das heißt, dass ich demnächst einige Tausend Euro pro Woche verdiene. Wahnsinn. Für ein Wochenende mit Véronique. Für das andere was weiß ich wie viel zahlen. Nachschenken. Die Flasche schon wieder leer. Schmeckt aber auch zu lecker. So einen schönen Schwindel jetzt im Kopf, den macht nur ein Mittagsrausch. Véronique, komm. Und wir haben noch den ganzen Tag. Also noch eine Seite. Lesen gegen das Warten. Fährt seiner Frau nach Holland hinterher und stellt sich vor, es würde wieder so, wie es sein soll. Zwei nackte, zärtliche, freie Körper.

Sie kommt. Endlich! Ob sie mir gefällt, will sie wissen und dreht sich. Aber natürlich. Du gefällst mir, wie sonst nichts. Kein bisschen nass ist sie. Hat einen Schirm. Öffnet die Jacke, ist neu, sagt sie, und auch das Hemd, das sie anhat. Steht dir gut. Dir steht alles gut. Du bist immer toll angezogen. Und den Schirm hast du auch gleich gekauft? Ja, hat sie. Die farbigen Glassteine an Stelle der Stacheln. Stimmt, die sind schön. Ich sehe auch gut aus, in ihrem Bademantel, findet sie. Ja, ich bin sehr nass geworden. Komm her, Véronique. Und dass ich ohne sie Gueuze trinke, schmollt sie, und ich soll ihr auch einen Schluck abgeben. Ihr, meinem Spatz.

Ihre Lippen, die nach Gueuze schmecken. Und ihre Haare fassen sich so gut an. Draußen das tollste Sauwetter und sie kommt reinspaziert wie ein Mannequin. Was machen wir jetzt?, fragt sie. Biere probieren gehen! Ich trinke zu viel, sagt sie. Nein, aber was soll man bei dem Wetter denn anderes tun? Sieht nicht so aus, als ob das bald aufhört. Es regnet viel hier, sagt sie. Ich ziehe mich an, und dann gehen wir! Was ich lese? Und nimmt das Buch, Rolf Dieter Brinkmann? Ach, nichts weiter. Ein trauriges Buch. Traurig? Ja, und deswegen bin ich froh, dass du jetzt gekommen bist. Hatte keine Lust mehr zu lesen. Sie hat uns noch was gekauft, darauf habe ich bestimmt Lust, sagt sie. Und packt aus. Gueuze, damit genug da ist, Käse und hier: Tiramisu. Das können wir heute Nacht essen, von unseren Körpern. Von dir schmeckt es sicher am besten, Véronique. Wo ist meine Unterhose? Wenn du nicht weggehen magst, können wir auch hierbleiben, du bist mir genug, Véronique! Schaut mich an, Augen und Mund, ach, mir steht er schon wieder, bleiben wir doch lieber hier, jetzt mag ich lieber, dass sie sich auszieht und auf mich draufsetzt. Aber sie sagt, gehen wir ruhig, sonst fällt uns irgendwann die Decke auf den Kopf. Du hast recht, ja, und so freuen wir uns mehr auf die Nacht. Ach, dass ich morgen schon wieder fahren muss. Wenigstens gehen wir uns so nie auf die Nerven, sagt sie. Aber ich glaube nicht, dass du mir je auf die Nerven gehen kannst, Véronique, ich liebe dich! – Pssst, und legt mir ihren Finger auf den Mund und küsst ihn und zieht ihn weg und küsst mich. Ihre Zunge zu meiner. Wirklich, am liebsten würde ich gleich.

Bringe ihn ja kaum in die Hose. Das wird wieder so ein Hinkegang. So, noch mein Parfum. Im Bad riecht es schon wieder so gut nach ihrem.

Warte, sagt sie, wir nehmen doch nicht den Neuen. Sie hat noch einen größeren Schirm. Nehmen wir den. Da passen wir beide drunter.

Sauwetter, aber schön, mit ihr unter dem Schirm. Wir sind zusammen und der Regen kann uns mal. Ein Bier jetzt genau richtig. Eins, zwei, drei. Und dann ins Bett. Trägt er bei dir auch die Maske, Véronique? Du weißt schon, der, dem ich das Geld bringe. Sie kennt die Maske nicht, sagt sie, auch nur mit Maske, nur einmal gesehen. Ein ganz normaler Auftrag. Sie ist für mich da und bekommt einmal die Woche ihr Geld. Aber du hast mit ihm geschlafen? Lacht. Nein, woher. Sie kennt meine Leute nicht und die wollen auch nicht, dass sie was weiß. Und wie sagen sie dir jedes Mal den Treffpunkt für mich? Im Umschlag, jede Woche, mit ihrem Geld, ganz einfach, Briefkasten. Und mehr nicht? Mehr nicht! Viel Geld? Lacht, Thomas, Betriebsgeheimnis, nicht zu viel und nicht zu wenig. Und deine Kundschaft? Wer kommt da alles in deine Wohnung? Thomas! Fährt mir durchs Haar. Sie empfängt niemanden in der Wohnung. Und ich, was ist mit mir, Véronique? Niemanden, nur mich! – Hier rein, wir sind da. Hocken wir uns an die Bar. Véronique, bestell uns was. Kriek, sagt sie, das soll ich auch mal probieren, mit Kirsche, ganz lecker, aber Gueuze mag sie lieber. Und dann die Trappisten, die passen zum Wetter.

Das war jetzt aber zu viel. Nicht mehr gut. Erst sieben Uhr, wieder zurück und ich bin breit. Ich Idiot. Zu viel Durcheinander. Haben es schon in sich, die Biere hier. Sie zieht sich aus. Wahnsinn, die Wäsche, die sie immer anhat. Lass uns ein bisschen dösen, Véronique, schlafen wir ein bisschen und lieben wir uns danach. Legt sich zu mir und ihre Hand wandert. Bin blau, aber mir steht er. Schmiegt sich an mich und riecht gut, ja, setze dich auf mich und dösen wir dann!

Wie spät? Wo ist die Uhr. Habe sie ja noch an. Elf. Haben wir wirklich geschlafen. Und sie neben mir, ihr Haar ins Gesicht gefallen, der Mund ein wenig geöffnet, ein kleiner Speichelfaden auf dem Kopfkissen. Ich liebe dich. Muss ich pissen! Und mein Kopf. Ich habe doch bestimmt noch Aspirin im Waschbeutel.

Jetzt ist sie aufgewacht. Reibt sich die Augen. Hallo mein Spatz, wir haben geschlafen. Ist es spät, will sie wissen. Elf Uhr. Aber hat gutgetan. Sie gähnt. Drückt ihr Kreuz durch und verschränkt die Arme hinter dem Kopf. Ihre Brüste zum Anbeißen! Ob ich uns Fritten hole, fragt sie. Klar, mache ich. Mit Sauce, so wie letztes Mal, sagt sie. Na klar. Bin gleich wieder da!

Regnet immer noch und ich habe den Schirm vergessen. Egal, laufe ich halt. Ist ja nicht weit. Ja, sie hat recht, Pommes sind jetzt genau richtig. Saugen das Bier weg. Sauwetter. Nur schnell zurück in unsere Höhle!

Und sie hat uns Kaffee gemacht, ob ich Lust darauf habe. Ja, und wie, genau richtig, sehr gerne.

Sehen uns an und müssen lachen. Pommes in der Hand und in der anderen die Kaffeetassen. Verstrubbelte Haare. Meine nass und ihre noch vom Schlaf geformt.

Sie setzt sich auf meinen Schoß und ich füttere sie. Nehme eine Fritte, halte sie zur ersten Sauce, sie schüttelt nur leicht den Kopf, zur zweiten, nein, zur dritten, sie nickt und in ihren Mund damit und die nächste und wieder eine und zwischendrin leckt sie mir den Finger sauber und steckt mir auch eine in den Mund. So schön muss Essen als Kind gewesen sein.

Daheim, daheim, wieder daheim. Dabei fühle ich mich hier längst nicht mehr zu Hause! Drei SMS von Christine. Dass sie sich auf mich freut. Dass sie hofft, dass mein Wochenende gut war. Mit einem Mal ist sie so zutraulich. Ich glaub's nicht. Die dritte, dass sie sich freut, auf unsere nächste Nacht. Erst monatelang gar kein Sex, außer mit der eigenen Hand, und jetzt bald täglich mehrmals? Das Leben ist doch ein ständiger Kampf um Ausgewogenheit. Tja, Christine. Was tun wir denn? Ich will dich doch nicht traurig machen! Ich kann doch auch nichts dafür. Du genauso wenig. Na ja, wenn du etwas früher ... ach. Schon Mittag. Montag Mittag. Die langen Tage. Und nichts vor, außer ab und an zur Bank. Vielleicht sollte ich durchschlafen, dann vergeht die Zeit schneller. Schlafmittel einwerfen und einfach pennen bis Freitag. Die Werktage im Koma, die Wochenenden im Himmel.

Tatsächlich, schon wieder Geld auf dem Konto. Juwelier Schneider, Heidelberg, achttausenddreihundert Euro. Ist gut, gehe ich halt nachmittags schon wieder zur Bank. Und achthundertdreißig Euro verdient. – Andauernd dieses Handy-Gepiepse. Christine. Will heute Abend weggehen. Ach bitte nicht. Nicht schon heute. Mal einen Abend in der Wohnung bleiben. Ich kann nicht, sage ich ihr. Ich muss den Bericht für die Computer-Tag fertig machen. Die brauchen das. Das bekomme ich nicht so schnell hin. Da brauche ich den Abend. Sie auf Dienstag vertrösten.

Apropos Computer-Tag. Die haben mir mein Geld immer noch nicht gezahlt. Das gibt's nicht. Höchste Zeit mal auf den Putz zu hauen. Jetzt kann ich es mir ja leisten. Sollen sie mich doch rausschmeißen, wenn sie meinen. Abhängig bin ich von dem Scheißblatt längst nicht mehr. Das bisschen Zeilengeld. Lächerlich! Trotzdem kann ich ihnen bei Gelegenheit ja meinen Artikel über die Internetkriminalität anbieten. Das Benutzen der Konten Ahnungsloser, die vor vollendete Tatsachen gestellt und anschließend erpresst werden. Die Köder, mit denen man bei Stange gehalten wird. Aber ist das wirklich eine gute Idee. Nicht lieber noch warten? Bevor ich etwas verrate. Zu viel verrate. Oder Véronique aufs Spiel setze. Ich sag denen einfach, ich bin an einer heißen Story dran, über die ich noch nichts Näheres verraten kann. Und dass ich solange nichts anderes für sie machen will. Dann habe ich meine Ruhe. Und kann später immer noch entscheiden, ob das was wird. Wenn nicht, sage ich einfach, ich hätte geglaubt, eine wilde Sicherheitslücke in Windows gefunden zu haben – und die hat sich dann doch nicht als Fehler, sondern als Feature herausgestellt. Ha. Bin doch nicht blöd und lasse mir in die Karten schauen. Geht mir viel zu gut momentan. Müsste halt wissen, wie lange das so geht, bevor irgendwer kommt und Fragen stellt. Der Maskenmann meinte, ein paar Monate? Vielleicht sollte ich mich danach selbst anzeigen? Sagen, dass ich erpresst worden bin. Aber wie lange das dann dauert? Ich will doch weg können. Zu Véronique, und fort mit ihr. Auf eine schöne Insel. Piep piep, der Handyvogel ... Christine: Schade ;-(

Sie tut mir leid. Schreibe ich zurück: Morgen? Kuss T. Und jetzt? Für die Bank noch zu früh. Lesen? Irgendwie ein Buch, auf das ich nicht richtig Lust habe. Man quält sich so durch die Seiten. Langsam sollte ich mir mal überlegen, wohin mit meinem Geld. Wird mehr und mehr. Kann es ja nicht einfach so in der Wohnung rumliegen lassen. Wäre ziemlich blöd, wenn ausgerechnet jetzt eingebrochen wird. Der Dieb würde sich freuen. Volltreffer. Aber die Verstecke, die man sich ausdenkt, kennen die doch ohnehin längst. Die Scheine zwischen Buchseiten einlegen? Oder in Plattencover? Die Polizei sollte es auch nicht so leicht finden können. Weiß ich, ob die eine Razzia machen, wenn sich irgendwer über das viele abgehobene Geld Gedanken macht. Könnte mir ja Diamanten kaufen davon, die sind klein und leichter zu verstecken. Sollte ich den Maskenmann fragen, ob er mir welche verkauft. Wenn nicht, in Antwerpen bekomme ich sicher genug davon. Aber im Ernst? Was mache ich jetzt mit meinem Haufen? Mir fällt nichts richtig Gutes ein. Eilt ja noch nicht. Aber hier auf dem

Tisch lasse ich es nicht liegen. Über dreitausendfünfhundert! Viertausendvierhundertneunzig waren es bis jetzt insgesamt. Ein paar Hundert habe ich schon ausgegeben. Vor allem für den Zug. Der alte Tintenstrahldrucker! Ins Papierfach, unters Papier. Nicht schlecht fürs Erste!

Dreiunddreißigtausend Euro. An einem Tag! Aus vier Überweisungen. Das kann ich nicht auf einmal abheben. Alles ab zehntausend Euro müsste ich vorher anmelden, haben sie in der Bank gesagt. Lieber nicht. Lieber mehrmals. Fällt weniger auf. Hole ich heute noch neunfünf. Und gehe jeden Tag. Aber wie viel kommt denn da noch? Wie bekomme ich das alles vom Konto, ohne dass es verdächtig wird? Und Christine hat mich zum Essen eingeladen. Zu sich. Sehe ich wieder feine Unterwäsche! Würde mich wundern, wenn nicht. Als gebe ihr Véronique Tipps. Nachher noch einen guten Wein besorgen. Erzählt sie mir sonst wieder, wie gut sich Kilian doch mit Wein auskennt und dass der immer die besten mitbringt et cetera et cetera.

Noch die Wäsche. Sonst habe ich nichts anzuziehen nächstes Wochenende. Ohnehin längst Zeit für neue Klamotten. Jetzt kann ich es mir ja leisten. Ein, zwei Hosen, Pullover. Ein Hemd. Socken. Unterhosen. Das mache ich die Woche noch. Einen ganzen Tag in Ruhe die Läden in der Fußgängerzone abklappern. Vielleicht finde ich auch ein Geschenk für Véronique. Aber jetzt erst mal die Maschine laufen lassen. Wie ich das hasse. Alle Hosentaschen kontrollieren, nicht, dass ich mal das Geld mitwasche! Und dann immer das Umdrehen und vor allem das Aufhängen. Das Zusammenlegen. Gebügelt habe ich schon lange nicht mehr. Die gewaschenen Hemden alle knitterig aufgehängt. Vielleicht bringe ich die einfach in den Waschsalon zum Bügeln. Bügelfreie Hemden, wirklich bügelfreie, die kaufe ich mir die Woche! Und Schuhe. – Eine SMS. Christine. Sie freut sich auf mich. Ja ja. Jetzt auf einmal. Macht man sich rar, wird man begehrenswert. In welche Stadt fahre ich nächstes Wochenende? Was soll ich ihr sagen? In Genf war ich, in Warschau war ich. Hamburg? Nicht, dass sie sich einbildet mitzufahren. Zürich? Klingt auch zu verlockend für sie. Lieber Brüssel. Ja, Brüssel ist gut. Brüssel. Das klingt doch glaubhaft. Brüssel. Lerne ja noch ganz Europa kennen auf diese Art. Na ja, die Kongresshallen in ganz Europa.

Die offenen Rechnungen überweise ich jetzt auch mal. Schon einige Mahnungen. Kein Problem. Miete, Telefon und was noch alles. Zeitschriftenabos. Die Füllung beim Zahnarzt. Zahlen einem ja nur das Amalgam. Könnten sie einem ja gleich ihren AKW-Abfall reintun. Amalgam, nicht Porzellan. Oder dieses Kunststoffzeugs. Von Gold ganz zu schweigen. Und die Leute, die einem was an der Tür verkaufen wollen. Diese ganzen Geschichten. Drogensüchtig und was alles. Und wird alles wieder gut, wenn ich diese Fernsehzeitschrift abonniere.

Rette ihr Leben. So einfach ist das. Andauernd klingelt es. Ständig muss jemand an die Briefkästen. Werbung und Rechnungen. Der ganze Stapel. Die Mahngebühren zahle ich nicht, da könnte ja jeder kommen. Haben die eine Ahnung, wie lange ich oft auf mein Geld warte! Und immer wieder auf dem Konto schauen muss, ob es schon da ist. Da weiß man bei so einem kleinen, faulen Diamantenhandel wenigstens, woran man ist ...

Keine Ahnung, wie das läuft. Ob die Steine gestohlen sind? Oder was stimmt damit nicht? Im Internet schauerliches Zeug. Blutdiamanten, abgehackte Arme, Kimberley-Prozess. Scheiße, aber wenn die wirklich so dicke drinhängen, hätten die mich doch kaum nötig? Und die Steine haben bestimmt ihre Zertifikate, sonst kauft sie kein Juwelier. Kleine Fische. Die zweigen sich die Glitzerei bloß wo ab. Erpressen oder stehlen sie in Antwerpen. Ist doch nicht mein Bier, habe ohnehin keine andere Wahl mehr, machen mich nur zur Sau sonst. Scheiße, was ich nicht weiß, macht mich nicht heiß. Und einfach alles auf mein Konto. Durchlauferhitzer. Heiß macht mich Véronique. Zahlen mir zehn Prozent und zusätzlich sie. Na ja, sparen sich damit auch die Steuern. Bar wollen es die Schmuckhändler sicher nicht machen. Mit Bankverbindung kommt ihnen das koscher vor. Vorsichtig genug. Da kann man es ja nachvollziehen. Und mein Maskenmann und seine Bande wollen natürlich kein Konto angeben, über das jemand an ihre Identität rankommt. Also Herr Vogel. Diamantenhändler Vogel. Dabei hatte ich bisher noch nicht mal einen in der Hand. Alles, was ich importiere, ist doch Spam, die läuft aus der ganzen Welt bei mir ein. Nur wird mir die keiner abnehmen. Vielleicht sollte ich meinen Computer abschaffen. Aber Véronique hätte ich nicht, ohne ihn und die Mails!

Wie es in Warschau war? Christine, bitte hör auf, bitte nicht über die Arbeit reden. Langweilig, öde, nervend. Furchtbare Leute. Manchmal denkt man, die sind auch zusammengesteckt, wie Computer. Sagt, sie dachte, Warschau ist eine spannende Stadt. Ja, das kann schon sein, aber von der Stadt habe ich kaum was mitgekriegt. Gerade mal zwei Stunden herumgelaufen, bevor ich wieder geflogen bin. Schade, sagt sie, da komme ich mal rum und sehe nichts. Das ist doch nicht normal. Nicht normal, Christine, du sagst es. Aber bitte. Versprich mir, dass wir nicht über meine Arbeit reden. Ist ja keine schlechte und jetzt bekomme ich endlich ordentlich was dafür. Aber in meiner Freizeit will ich nicht daran denken. Ob ich Hunger habe? Und ob. Du hast die Vorspeise schon gemacht? Schön. Dann mache ich gleich mal den Wein auf, damit er Luft bekommt. Bringst du mir den Korkenzieher? Liegt doch schon da. Ach, stimmt, da liegt er, bin blind.

Auf den Wein freue ich mich jetzt. Mann, ich habe das Geld noch gar nicht in der Wohnung verstaut. Trage immer noch neuntausendfünfhundert

Euro mit mir rum. Wenn das so weiter geht, wird es noch zur Gewohnheit. Hmm, duftet gut, der Wein. Ganz schön langer Korken. Komm, stoßen wir an. Ich habe uns schon eingeschenkt. Sie kommt sofort, ruft sie, und da ist sie schon, voilà, die Vorspeise. Wow, was ist das denn? Rucolasalat mit Ziegenfrischkäse und Honig darauf. Rezept von Eva. Gab es auf ihrem Geburtstag, war total Klasse. Bin ich ja mal gespannt, Prost. Zum Wohl. Setzt sich und schaut mich neugierig an, ich soll es mir schmecken lassen, sagt sie. Sie bemüht sich wirklich. Als habe sie einen Kampf aufgenommen. Ob irgendwas in ihr von Véronique eine Ahnung hat? Ein siebter Sinn, oder weil ich seither einen anderen Duft ausstrahle oder was weiß ich warum. Jedenfalls ist sie anders seitdem. Zieht sich sexyer an, tut nicht mehr so prüde und schmeißt sich richtig ran an mich. Vorher hat sie immer nur abgewehrt. Immer in Abwehrhaltung, es war frustrierend. Und jetzt? Jetzt bin ich auf dem Rückzug. Fragt, ob es mir schmeckt. Ja, sehr gut. Und dir? Wie schmeckt dir der Wein? Auch sehr gut, sagt sie, aber der letzte war noch besser – der von Kilian. Finde ich nicht. Mir schmeckt der besser. Trinke ich halt mehr davon! Gut, der Salat. Ziegenkäse und Honig. Hmm – und der Wein so schön seidig. Veilchen, findest du auch? Veilchen?, fragt sie. Na ja, wenn ich es sage. Jedenfalls riecht er sehr gut. Ich bin ja kein Weinkritiker, aber Veilchen könnten doch so riechen, glaube ich. Egal. Sehr gut – der Wein und der Salat! Ja, sagt sie, sie war sofort begeistert von Evas Rezept. Noch ein Stück Brot dazu. Und was gibt es dann? Ich soll nicht so neugierig sein, sehe es früh genug. Aber Christine, ich habe ja nur Hunger. Auf das Essen oder auf sie, will sie wissen, und tut ganz schelmisch. Auf beides, Christine, den Hauptgang und dich! Was soll ich denn sonst sagen?

Bekocht mich und den Nachtisch gibt's im Bett. Eine Kerze daneben und hinein mit ihr. Wie sie sich auf die Lippen beißt, wenn ich mich auf ihr auf und ab bewege. Als versuche sie krampfhaft zu kommen, als bedürfe es einer besonderen Anstrengung. Und monatelang habe ich mir nichts sehnlicher gewünscht, als endlich da zu sein mit ihr, wo wir jetzt sind. Nackt.

Hat mir Kaffee gekocht in der Früh und Frühstück gemacht. Schaut mich verliebt an, dass ich nicht weiß wohin, vor lauter schlechtem Gewissen. Weggegangen und auf der Bank noch mal neuntausendfünfhundert Euro geholt, als wären die von gestern noch nicht genug. Mit neunzehntausend Euro in der Tasche herumspaziert. Wenn das ein Taschendieb wüsste. Ob viele mit so viel Geld herumlaufen? Omas, die ihre gesamten Ersparnisse mit sich herumtragen? Dealer, die ihre Schulden eintreiben?

Und dann wieder in der eigenen Wohnung, die mir ganz nutzlos vorkommt. Sinnlos. Trostlos. Lauter Wartezimmer. Neben dem Bett ihre Muschel. Die lag schon in ihrer Hand. Wie gut sie sich anfühlt. Das ist alles. Strandgut. Nicht einmal ein Bild habe ich von ihr. Nichts. Kein Foto, keine Telefonnummer, keine E-Mail. Die Muschel und sonst nur das, was mir von ihr durch den Kopf geht, und den ständigen Drang, zu onanieren, wenn ich an sie denke. Véronique. Ein echter Diamant! Eine Perle!

Jetzt tue ich mal das Geld aus der Jacke. Allmählich muss ich aufpassen, dass ich nichts durcheinanderbringe, dass ich alles zusammenhalte. Und nicht, dass ich es noch mit dem Geld vermische, das schon meines ist. Habe in der Bank nur abgehoben, gar nicht den neuesten Kontoauszug mitgenommen. Schmeiße ich den Computer an, die Spam wird sich freuen. Schauen wir mal. – Das gibt es nicht. Gestern waren es dreiunddreißigtausend und neunzehntausend davon habe ich abgehoben, und jetzt sind es siebenundfünfzigtausend. Fünf neue Überweisungen. Dreiundvierzigtausend Plus an einem Tag. Wie bekomme ich das runter? Das dauert einfach länger als eine Woche! Habe ja ohnehin immer nur den Montag, Dienstag, Mittwoch und Donnerstag. Am Freitag sitze ich immer schon im Zug, wenn die Bank aufmacht. Habe keine Lust, erst später zu fahren. – Jetzt die Mails. Löschen, löschen, löschen. Wenn mich mal jemand fragt, was ich von Beruf bin, sage ich, Löscher. Papierkorbfüller. Rein das Viagra und all die zu vergrößernden Schwänze.

Donnerstag! Bald bei dir, Véronique. Endlich. Und mit neuen Klamotten. Schöne Schuhe, schwarze Stoffhose, bügelfreies Hemd. Neu eingekleidet bis zur Unterhose. Da wird sie schauen. Und die Reisetasche ist super. War teuer, aber wirkt gleich weltmännischer, und genug Platz. Brauche ja nicht viel für ein Wochenende bei ihr. Noch nicht mal ein Handtuch. Aber Geschenk habe ich keines. Alles nicht das Richtige, vielleicht ein großer Strauß Rosen?

So. Noch einmal zur Bank und morgen bringe ich dann schon wieder alles nach Antwerpen zur Maske. Wenn nur nicht immer diese Schlangen am Schalter wären.

Guten Tag. Ich hätte gerne neuntausendachthundert Euro von meinem Konto. Hier meine Karte und mein Ausweis. Und zählt es mir vor. Neuntausendachthundert – ... eins, zwei, drei, vier, fünf, sechs, sieben, acht, neun, zehn, elf, zwölf, dreizehn, vierzehn, fünfzehn, sechzehn, siebzehn, achtzehn Fünfhunderter und eins, zwei, drei, vier, fünf, sechs, sieben, acht Hundert-Euro-Scheine. Vielen Dank. Auf Wiedersehen. Herr Vogel? Ja? Ob ich bitte noch kurz mit ihr nach hinten gehen würde, der Berater hätte ein paar Fragen an mich. Fragen? Was denn für Fragen? Zu meiner Kontoführung, sagt sie, aber das sagt er mir selbst. Scheiße. Was kommt jetzt, jetzt bin ich dran. – Ruhig. Ruhig. Nicht fahrig werden. Nicht nervös. Bin bestimmt schon ganz bleich. Herr Vogel. Grüß Gott. Lindner sein Name.

Grüß Gott, Herr Lindner. Was gibt es? Sagt, ich habe in den letzten Tagen viel Bargeld abgehoben. Ja und? Sagt, dass das natürlich mein Recht ist, denn dafür habe ich ja eine Bank. Aber als Bank, meint er, sind sie eben auch verpflichtet, der Sache nachzugehen. Sache? Welche Sache denn. Sagt, bei mir gehen seit zwei Wochen zahlreiche Überweisungen ein, und dass ich die Beträge jeweils gleich darauf abhebe. Ob ich so viel Bargeld brauche? Ach so, ja, wissen Sie, vor einigen Monaten habe ich angefangen, mich auf Floh- und Sammelmärkten mit Schmuck zu beschäftigen. Und entdeckt, dass da manches Schnäppchen zu machen ist. Wie er das verstehen soll, will er wissen. Also gut, weiter in der Geschichte, schenk ich ihm ein und tropfe hoffentlich nicht daneben: Nun, ganz einfach. Ich kaufe Schmuck, Familienerbstücke und so. Günstig, aber natürlich nicht billig, denn ich kaufe nur das Beste dort – und verkaufe ihn weiter, an Juweliere, bei denen hochwertiger, gut verarbeiteter Schmuck, vor allem aus den Fünfziger- bis Siebzigerjahren, gerade sehr gefragt ist. Ich bin augenblicklich dabei, mein Geschäft aufzubauen, und da muss ich zunächst alles investieren, bevor andere auf die Idee kommen. Und ob ich alles bar zahlen muss? Haben Sie auf Flohmärkten schon mal mit Karte bezahlt, Herr Lindner? Das ist schon richtig, aber dass ich das ja dann gewerblich ausübe. Ja, richtig. Gewerblich. Dann sollte ich allerdings ein Geschäftskonto eröffnen, sagt er, wenn das gewerblich ist. Ein Geschäftskonto? Ja, legt er mir ans Herz. Ans Herz lasse ich mir von dem gar nichts legen, an mein Herz lasse ich nur Véronique. Herr Lindner, aber ich kann doch nicht allen meinen Kunden jetzt eine andere Kontonummer melden. Das wäre sehr unpraktisch. Kein allzu großer Aufwand, sagt er. Und das muss ja nicht von heute auf morgen passieren. Dafür wird mir die Buchführung künftig erleichtert. Na toll, die Buchführung! Addieren kann ich noch, und meine Prozente rechne ich auch im Kopf aus. Warum nicht einfach in den nächsten Wochen ein Mailing mit der neuen Bankverbindung an meine Kundendatei, das kann ich doch gleich für die Werbung mitnutzen, sagt er. Und wenn einer dann doch noch auf mein Privatkonto überweist, das gibt es ja noch, da geht nichts verloren, kein Problem, schon klar, dass das eine Zeit dauert. Na super, da wird die Maske sich freuen. Und ist das nicht teuer, Herr Lindner? Etwas mehr als beim Girokonto muss ich schon ausgeben, sagt er, aber dafür hat die Bank ja auch einen höheren Aufwand, er gibt mir die Unterlagen mit. Gut, dann machen wir das so. Mir war das nicht bewusst. Kein Problem, sagt er, aber eine Kopie meines Gewerbescheins brauchen sie noch. Gewerbeschein? In Ordnung, bringe ich Ihnen vorbei. Was denn noch. Scheiße! Was für ein Glück, dass ich einen habe! Für mein mickriges Nebengewerbe angemeldet. Für das bisschen versteigerten Computerschrott. Das sollte gehen. Gerade noch mal gut. Steuernummer braucht er auch, ich weiß ja, dass ich meinen Umsatz versteuern muss. Natürlich, Herr Lindner. Wie sonst? Gibt es denn Gewerbe, wo man das nicht muss? Und die Einnahmen sind ja auch leicht nachvollziehbar. Stehen ja in meinen Kontoauszügen. Herr Vogel, vielen Dank. Er macht dann einen Vermerk. Und ich soll doch die Beträge bitte am besten zwei Tage vorher anmelden, dann kann ich auch mehr auf einmal abheben und muss nicht jeden Tag vorbeikommen. Zwei Tage vorher? Ja, oder wenn es mal dringender ist, kann ich es auch einen vorher versuchen. Jedenfalls alles ab zehntausend einfach anmelden, sie müssen das Geld ja auch vorrätig haben. Es wird schließlich nicht hier in der Bank gedruckt. Bei mir landet's zumindest im Drucker, Herr Lindner, aber das geht Sie nichts an. Und dann muss ich nicht jeden Tag vorbeikommen, sagt er und breitet die Hände aus, als erteile er mir einen Segen. Das werde ich mir überlegen, Herr Lindner, aber wissen Sie, mir ist immer noch nicht wohl dabei, wenn ich so viel Geld auf einmal mit mir herumtrage. Das klingt doch plausibel. Ja, das versteht er gut. Aber ich soll aufpassen, dass ich keine Hehlerware beziehe. Als Bank mischen sie sich da zwar nicht ein, aber es wäre sehr unangenehm für mich, sagt er, und ich sollte darauf achten, für alles einwandfreie Kaufquittungen vorzeigen zu können. Aber selbstverständlich, Herr Lindner. Die Juweliere sind ja auch nicht blöd. Die wollen die doch auch sehen. Natürlich, er nickt, sagt, das

Konto legt er schon an, den Gewerbeschein kann ich dann einfach am Bankschalter abgeben und es steht mir zur Verfügung, reine Formsache. So, das war's endlich, und er bedankt sich tatsächlich, dass ich so offen mit ihm gesprochen habe, danke Herr Vogel bla bla und alles Gute. Floskel Floskel. Tu ich ihm schön. Aber gerne, Herr Lindner, bitte melden Sie sich, wenn Sie weitere Fragen an mich haben.

Scheiße, scheiße, scheiße. War das jetzt gut. Hat er mir das abgenommen? Geben die sich damit zufrieden? Und was erzähle ich später, wenn mir wirklich jemand auf die Schliche kommt? Dass mir die Erpresser diese Geschichte eingebläut haben? Mir mit sonst was gedroht, wenn ich den Deal bei der Bank bei der ersten Nachfrage auffliegen lasse? Alles sehr wackelig. Aber kein Zurück. Entweder die Bank glaubt es, oder, wenn nicht, erfahre ich es bald. Na ja. Probiere ich es. Gehe ich demnächst mal hin und melde fünfzigtausend zur Abhebung an.

Ja, die haben mir das eingebläut, die ganze Flohmarktgeschichte. Und gesagt, sie wissen genau, dass die Bank dann nichts unternimmt. Und falls doch, dann sicher nur, weil ich denen was gesteckt habe – und dann tun sie Christine was. Das ist doch Grund genug, das Maul zu halten. Aber wäre jammerschade, wenn das jetzt zu früh aufflöge. Das mit Véronique darf nicht aufhören. Ein paar Monate, hat der Maskenmann gesagt. Was dann? Dann habe ich erst mal Ärger am Hals. Einsperren werden sie mich schon nicht gleich? Ziehe ich nach Antwerpen? Oder Véronique kommt zu mir. Aber ob ich das schaffe? Ob sie wirklich zu mir hält?

Gott sei Dank habe ich mein Gewerbe noch. Dümpelt ja so dahin und das meiste habe ich letztes Jahr wieder schwarz gemacht. War auch zu blöd, zu glauben, ich könnte mir damit eine goldene Nase verdienen. Die ganzen Sachen verticken, die ich für die Computer-Tag getestet habe. Von wegen! Bei dem bisschen, was da ging. Und der Scheißaufwand bei der Steuererklärung. Wollte das Ganze längst abmelden. Immer wieder vertagt, Gott sei Dank. So ein Dusel.

Das Aufstehen ist nicht schwer. Nicht, wenn ich weiß, dass ich zu dir fahre, Véronique. Ich hüpfe aus dem Bett, guter Laune, fast möchte ich singen im Bad! Die Tasche um die Schulter, nichts mehr mit Rucksack, bin ja kein Camper. Alles neu, alles besser. Ticket hab ich? Geld. Ja, reichlich. Damit könnte ich den ganzen Zug auf Kaffee einladen. Tür zu, Treppe runter, ab zur U-Bahn. Früh dran. Da kann ich mich am Bahnhof noch mit was zum Essen eindecken. Oder essen im Zug? Speisewagen. Warum eigentlich nicht. Nicht immer nur diese Käsesemmeln. Aber Croissants hole ich mir. Den Kaffee erst im Zug, verschütte ihn sonst nur. Zu stressig, den weiten Weg. Na ja, durch die Waggons ist es auch ein Balanceakt. Aber vielleicht kommt ja wer damit vorbei. Lustig manchmal, wenn die mit ihren Tabletts rumlaufen und es ist gerade kurvig.

Schauen dann aus, als ob sie ein bisschen bedüdelt wären. – Die ewigen U-Bahn-Gesichter. Na ja, fahren alle zur Arbeit. Nicht wie ich. Ich bin der König. Ein Gehetze und Geschiebe. Jeder will die eigenen Schritte zuerst anbringen. Sollen sie, ich habe Zeit.

Sitzplatz mit Tisch. Drei Croissants. Jetzt hole ich den Kaffee und dann wird es gemütlich. Sogar den Brinkmann habe ich dabei. Was schleppe ich den eigentlich immer noch mit. Als müsste ich ihn lesen. Ein Tempo von etwa einer Seite auf hundert Kilometer. Nicht viel los heute im Zug.

Wie spät? Zwei Stunden Autechre und Blick hinaus in Fahrtrichtung. Véronique, ich bin unterwegs, ich komme. Die Landschaft fliegt vorbei, Bäume und Sträucher und Wiesen und Häuser, Hochspannungsmasten, kreuzende Straßen. Fliegt alles vorbei, die Gegend zwischen Isar und Schelde. Die Züge bringen mich hin. Mich zu Véronique und das Geld zu der Bande. Kurier sein ist nicht schwer, Kurier sein macht Spaß. Maskenmann, dein Geld ist unterwegs, Véronique, stell das Gueuze kalt!

Wie spät? Viertel nach zwölf. In einer guten Stunde steige ich wieder um. Jetzt gehe ich essen! Hungrig genug.

Was sagt die Speisekarte? Deftiger Linseneintopf. Nein danke. Ich will ja nicht stinken. Gedünstete Lachsschnitte. Mit Safran-Tomatensauce, Butterreis und einem kleinen Salatteller. Warum nicht. Und einen Chardonnay dazu? Zwar noch früh für Alkohol, aber ist ja Fisch!

War gar nicht schlecht! Hat gutgetan. Jetzt gleich umsteigen, hallo Frankfurt, und dann wieder die Kopfhörer ins Ohr und noch ein bisschen dösen.

Und noch mal ein anderer Zug. Das war's. Angenehm so! Zweimal umsteigen reicht ja! Besser geht's nicht. Variantenreiches München–Antwerpen! Nichts direkt, aber viele Verbindungen. In einer Stunde bin ich schon da. Gelesen habe ich wieder nichts. Autechre rauf und runter. Ohne Niklas würde ich die nicht mal kennen. Hat mir auf einer Party vorgeschwärmt. Weiß noch, wie begeistert er war. Und betrunken. Ein Durcheinander und dann wird's ein weiter Raum, hat er gesagt. Véronique, was freue ich mich schon wieder auf unser Wochenende!

Das hat man gemerkt, flüstert sie, dass ich Sehnsucht nach ihr gehabt habe. Ja, das ist wahr ... Und jetzt ihre Hand auf meinem Bauch. Ihr Haar auf meiner Schulter. Ich könnte ewig so liegen. Die schönen Blumen – und so viele, die haben sie gefreut. Was machen wir heute Abend? Wir können durch die Kneipen ziehen, flüstert sie in mein Ohr. Ob ich mag? Belgisches Bier. Klar mag ich. Und vorher gehen wir essen, sagt sie. Sie kennt da ein kleines, französisches Restaurant. Man sieht der Köchin zu. Gutes Lamm mit Kräutern der Provence. Ich habe Hunger für zwei. Sie schwärmt von den gegrillten Sardinen. Und Nachtisch nehmen wir auch! Mousse au Chocolat. Oder diese fantastische

Apfeltorte. Bekommst du, Véronique, ich steige jetzt mal unter die Dusche und dann können wir gehen.

Ich entwickle mich noch zum Sänger, bei ihr im Bad. Immer so guter Laune. Jetzt kannst du rein, Véronique, ich ziehe mich an. Ist das schön! Nur neue Klamotten. Alles frisch. So wie mein Leben. Sie macht sich schick und wir gehen aus. Die Männer werden wieder Augen machen. Sollen sie doch. Mit ihr heim gehe ich!

Fertig? Fertig, gehen wir. Du siehst wieder wahnsinnig aus! Wahnsinnig?, fragt sie. Ja, wahnsinnig gut! Ich fühle mich super, wenn ich mit dir unterwegs bin. Dann mal los, Supermann!

Schick zum Essen mit ihr. Wir haben den besten Tisch und sehen die Köchin hinter dem Tresen an ihrem kleinen Herd. Véroniques Lippen am Weinglas. Ihre Zunge, die einen Tropfen einfängt. Und ihre Augen, die immer bei mir sind. Guter Wein. Aus der Provence. Da gibt es doch den ganzen Lavendel, leuchtende Farben und Duft in der Landschaft. Die erste Flasche ist weg wie nichts. Das Essen perfekt. Leicht blutiges Lamm und als Entree die super Sardinen. Das Lamm und dazu der Wein, das geht zusammen im Mund, das wird eins. Und so schön würzig, ich bin ganz beschwingt. Die zweite Flasche fast leer. Jetzt gleich noch Nachtisch. Mousse au Chocolat, und wie sie den kleinen Löffel abschleckt ...

Brauch ’nen Kaffee! Schon so ’nen schönen Rausch im Kopf, in den Gliedern, fühle mich leicht, frei und geil. Ihr Knie an meinem. Zieh doch den Schuh aus und füßle hoch zu meinem Schwanz. Aber das geht nicht hier, das kommt später. Wann habe ich diesmal meinen Termin? Genug Zeit, sagt sie, morgen um vier. Da können wir mal richtig ausschlafen. Fein. Das tun wir. Machen wir uns einen schönen Vormittag im Bett. Und vorher die Nacht!

Und jetzt gehen wir noch wohin, wo sie immer Livemusik haben, sagt sie. Jazz. Feine Kneipe. Ja, und noch zwei Bier. Und noch zwei Bier ... Thomas! Sagt, ich bin ja betrunken. Ach wenn schon, Véronique, wenn es so schön ist, jetzt trinken wir weiter. Wein zum Essen, Bier zum Jazz. Und miteinander ins Bett gehen wir trotzdem nachher, so betrunken kann ich gar nicht sein.

Ich mag das Geräusch ihrer Absätze auf dem Pflaster. Ihr Gang macht mich an. Ist nicht weit, sagt sie. Geht da gerne hin. Viele Studenten. Und ein paar finden sich immer zusammen, die ein bisschen improvisieren. Der Abend, die Nacht. Ich improvisiere gerne mit dir, Véronique. Was du willst. Wohin du willst. Klapp klapp, machen deine hohen Absätze und werfen es klapp klapp an die Wände der Häuser, von wo es, klapp klapp zurückkommt, heller und dunkler, die ganze Armee deiner Schritte. Etwas Musik und ein Bier und deine Augen. Eine kurze Rast vor daheim. Und ich trage das Geld herum, habe es immer bei mir. Vielleicht wäre es in der Wohnung besser aufgehoben. Aber die ist von einer Freundin, hat sie gesagt. Wann kommt die zurück? Hier rein! Gut was los, sagt sie und geht voran. Wohin immer du willst, Véronique. Deine Hüften!

Schramm schramm, macht der Kontrabass. Und die Luft wie ein körniger Film. Drehen sich die Köpfe schon. Sie muss einen Raum nur betreten und jeder weiß, wo er hinsehen will. Aber ich bin mit ihr unterwegs! Und ich stoße mit ihr an! Nun gib schon das Bier über den Tresen, Barkeeper!

Ob es mir gefällt? Macht doch gute Laune, oder?

Schramm schramm, macht der Bass. Mir ist ein bisschen schwindlig. Vielleicht vom Bier auf den Wein? Und der Rauch. Alles so kulissenhaft. Schöne Bar, ja. Ob ich müde bin, will sie wissen. Nein. Ich doch nicht. Was trinken wir da? Hoegaarden? Ja, nickt sie, mal was Leichteres zwischendurch. Barkeeper. Noch eins! Thomas, nicht so schnell trinken! Wenn ich Durst habe! Schramm schramm, macht der Bass. Hier, Véronique, setz dich, da ist ein Hocker frei geworden. Kreuzweh. Könnte auch einen Stuhl vertragen. Schramm schramm. Wie sie dasitzt, die Beine übereinander. Alles vollendet. Studentenkneipe. Sind aber auch ganz schön alte hier. Langzeitstudenten. Schramm schramm. Und sie sitzt dazwischen, wie eine Göttin, und wird begafft, wie sie ihr Bier trinkt. Wie spät ist es? Nacht. Ich muss aufs Klo. Wird da drüben sein.

Véronique auf dem Barhocker. Mit wem redet sie da? Das ist Holländisch? Und ich stehe blöd rum und schaue mir Rücken an. Der soll nicht so nah an ihr Ohr ran. Küsst es ja fast. Thomas, das ist Pete. So so, Pete. Und? Interessiert mich das? Macht ihr schöne Augen. Tut erst, als wäre ich nicht da. Und jetzt nickt er wie debil. Er spielt oft Schlagzeug mit den Musikern, die gerade spielen, sagt sie. Aber heute hatten sie keine Lust es aufzubauen. Kommen aus Rotterdam – das ist nicht weit. Das ist nicht weit? Wärst trotzdem lieber dort geblieben, in deinem dreckigen Hafenbecken! Und jetzt will er anstoßen, schleimiges Grinsen. Gezondheid, sagt er. Hau ab, hörst du. – Thomas, nicht. Der soll dich in Ruhe lassen. Aber der macht doch gar nichts. Hau ab, du Wichser. Thomas, ist gut!

So, hat er es endlich gerafft? Ja, troll dich nur zu deinen Kollegen. Jetzt setze ich mich auf den Hocker! Was soll das, Thomas? Der soll dich in Ruhe lassen! Nimmt meine Hand, sagt, ich bin doch betrunken! Ich, betrunken? Na und? Deswegen muss der dich noch lange nicht anmachen. Wir gehen, Thomas. Barkeeper, ein Bier! Thomas, es reicht! Wir gehen!

Guten Morgen, meine Süße. Guten Morgen, Langschläfer. Wie spät? Zwölf. Zwölf schon. Und noch durch den Wind. Ob es wieder geht, will sie wissen. Ich war betrunken, sagt sie. Ja, das war ich, ich weiß. Hätte fast eine Schlägerei angefangen. Ach scheiße. Tut mir leid! War zu viel Bier! Viel zu viel Bier. Ich habe ihn fast vom Hocker gestoßen, ob ich das noch weiß? Ist nicht meine Art, ich war plötzlich so genervt. Und der wollte sich doch nur unterhalten. Unterhalten! Na ja. Ins Bett wollte der dich aber auch, Véronique. Und wenn. Dass ich das doch auch will – und im Gegensatz zu ihm auch darf. Ach, komm her. Ist ja nichts passiert. Mach das nie wieder, sagt sie, und wie ernst es ihr ist, sehe ich. Sagt, sie hasst Eifersucht. Eifersucht macht alles kaputt. Véronique, ja, ich auch, entschuldige. Ich bin ja sonst nicht so. Der hat mich genervt, aber der konnte gar nichts dafür. Komm her. Ja, so ist es gut. Alleine mit dir.

Schon vor dem Frühstück gekommen, aber ist ja schon Mittag. Kaffee jetzt und sie nimmt ein Stück Kuchen. Hier kennt uns die Bedienung bereits, geht alles schnell, bekommt ja auch Trinkgeld. Véronique ist hellwach, sie hat nicht so gezecht wie ich. Ein paar Liter Bier weniger. Das Wetter ist gut, wir können ein bisschen durch die Stadt gehen vor meinem Termin, sagt sie. Erst noch einen Kaffee, der macht wieder klar. Schramm schramm, zu viel Jazz gestern, eindeutig!

Ich soll austrinken, sie will mir was zeigen. Ein Bild, das sie mag. Ein wildes, tolles Bild.

Arm in Arm durch die Straßen, nicht weit, sagt sie, aber weit ist es nie. Mit ihr nicht. Der Tag ist offen, nachher schnell der Maske das Geld in die Hand. Dauert nicht länger als auf einen Kaffee. Wie schafft sie das, sich so anzuziehen? Mehr Stil hat niemand. Alles immer perfekt. Wie für sie gemacht. Königin der Straße. Wir machen gleiche Schritte, es passt. Es passt alles mit uns. Was hatte ich gestern? Trinke zu viel! Trunken von ihr. Hier sind wir. Einfach ein großes, altes Haus. Museum, wie heißt es, Meier? Mayer van den Bergh. Ich zahl den Eintritt. Das geht ja. Kostet nicht viel. Bei dem, was ich mit mir rumtrage. Sie zieht mich richtig die Treppe hoch. Sehr schöne Räume. Alles ganz toll hier, sagt sie, aber das, gleich sind wir da, ganz besonders. Nichts los, ganz alleine. Mit ihr an allem vorbei, durch die vergangene Zeit wie in Eile. Hier, das ist die Dulle Griet. Die schaut sie sich immer wieder an. Bruegel. Immer wieder. Manchmal denkt sie, das ist Antwerpen und sie mittendrin. Lacht, schaut mich an. Und die Normalste im Bild ist doch die Verrückte, Mad Meg, wie die Engländer sagen. Auch, wenn alles nur aus ihrem Kopf kommt. Die Welt tickt noch immer so. Pieter Bruegel der Ältere – wie bei Hieronymus Bosch. Das Gewimmel in der alten Pinakothek. Da geht es doch immer um das Gleiche und immer um alles. Verrückte Véronique, vielleicht müssen wir einfach mal raus hier. Obwohl: Ich mag Antwerpen, allerdings nur wegen dir! Und dem Gueuze natürlich, sagt sie, aber das kommt ja aus Brüssel. Dich und das Bier und die Fritten und die geschliffenen Steinchen, von denen das Geld kommt. Bist du traurig? Fühlst dich nicht wohl? Wieso?, fragt sie. Ich meine, wenn du hierher kommst und die tolle Grete ansiehst. Nein, sagt sie, sie mag es so. Keine langweilige Welt! Dann lieber einen Löffel im Arsch und Eier, aus denen

Harfen schlüpfen, Fische, die an Land kriechen. Wir kommen doch auch aus dem Wasser. Oder hast du Angst? Angst?, fragt sie. Die hat sie gelegentlich. Wer hat die nicht? Aber die Dulle Griet weiß sich zu wehren und sie auch. Ein brutales Bild. Ein Getümmel. Überbevölkerung, schon damals. Und gehen alle aufeinander los, dauernd, immer wieder. Ihr tut niemand was, sagt sie. Noch durch die anderen Räume. Der Tag vergeht schnell! Die Jahrhunderte auch. Ich geh dann mal und Véronique wartet in der Wohnung auf mich, macht sich frisch.

Die Treppen hoch. Und da sitzt er, mein Maskenmann. Als hätte er sich überhaupt nie wegbewegt. Ich soll Platz nehmen und ob alles klar ist? Klar! Alles klar. Hier ist das Geld. Von Mal zu Mal ein dickeres Bündel. Na, das hofft er. Und zählt es wie immer, als sei dies seine Lieblingsbeschäftigung. Vollkommen vertieft. Jeder Schein eine Wahrheit. Nicht mehr? Das müsste doch mehr sein? Und sieht mich an. Ja, es ist mehr. Ich habe nicht alles abgehoben. Nicht alles abgehoben. Haben wir eine Abmachung oder haben wir keine? Blaue, kleine Augen, stechender Blick. Nein, da schau ich nicht weg. Wo ist der Rest?, fragt er. Ich bin meiner Bank schon aufgefallen, weil ich dauernd so viel Geld hole. Ich konnte nicht mehr als zehntausend am Tag holen. Wieso nicht? Das muss runter, ob ich ihn verstehe? Weil, wenn ich es nicht mehr ausbezahlt bekomme, nehmen sie sofort den Nächsten! Dann ist Schluss mit den Überweisungen. Da riskieren sie nichts. Und dann ist auch Schluss mit Véronique! Aber sie haben mich schon gefragt, wozu ich so viel Geld hole. Ich habe denen eine Geschichte erzählt, dass ich einen Handel habe, mit wertvollem Flohmarktschmuck, den ich bar kaufen muss und an die Juweliere verkaufe. Die haben gesagt, ich soll dann einfach höhere Beträge vorher anmelden. Dann geht das auch. Sehr gut, brav gemacht! Wo dann noch das Problem ist? Ein Geschäftskonto haben sie mir aufgeschwatzt, ich soll eines eröffnen. Und irgendwann in den nächsten Wochen die neue Kontonummer für die Rechnungen nehmen und nicht mehr mein Privatgiro angeben. Wenn es weiter nichts ist, und sieht mich an wie Herr Röntgen, soll ich ihm dann einfach geben, sobald es so weit ist. Ihm den Kontoeröffnungsbeleg zeigen, und sie ändern die Bankdaten entsprechend. Und wenn sie der Sache doch näher nachgehen? Ach was, solange ich das Geld abheben kann. Sagt, Probleme bekommt man nur, wenn man solche Summen bar einzahlen will, ohne sich ausweisen zu können. Oder wenn ich das Geld auf dubiose Konten umbuche. Mein Bargeld kann ich jederzeit haben, das ist kein Problem! Und nächste Woche will er, dass alles vom Konto ist, was sie mir drauftun. Ob ich ihn verstanden habe? In Ordnung. Sagt, das hofft er. Sagt, ich kann gehen.

Ich kann gehen. Abtritt Kurier! Sechs, setzen. Alles abräumen. Na gut. Dann sehe ich auch sofort, ob mich die Bank jetzt auf dem Kicker hat. Und kann noch mehr Bares mit mir rumtragen. Quillt mir doch jetzt schon aus allen Taschen. Werd ja ein richtiger Geldsack. Wenn mich da jemand unterwegs ausnimmt, hat er einen Volltreffer gelandet. Was würden die tun, wenn ich nächstes Mal einfach erzähle, dass ich auf dem Weg überfallen worden bin? Alles futsch. Probiere es lieber nicht. Zu riskant. Aber wäre verdammt viel Geld! Ob er dann mal seine Maske ablegt und mich sein Gesicht sehen lässt? Zumindest seine Ruhe verliert. Zu zählen bekommt er ja in diesem Fall nichts.

Schon wieder Samstagnachmittag. Der Abend noch, die Nacht, dann bin ich wieder weg. Dann kommen die blöden Werktage, das Gerenne zur Bank, Christine. Christine, die glaubt, ich bin in Brüssel. Ich soll mir das Atomium anschauen und darin Rolltreppe fahren, hat sie gesagt. Ihr ist dabei schwindlig geworden, damals als Kind. Und dass ich mir den Manneken Pis nicht entgehen lassen darf. Als sie mit den Eltern mal dort war, ist er in Taucherausrüstung am Brunnen gestanden. Woran man sich jeweils erinnert, nach den vielen Jahren. Ich komme doch nicht dazu, habe ich gesagt, ich sitze in einem Vortragssaal und starre auf Wände oder, wenn ich Glück habe, aus einem Fenster auf irgendwelche Bürokomplexe. Und trinke einen Kaffee nach dem anderen. Ach, Christine. Wenn du wüsstest. Ich komme nicht dazu, nein. Ich liege mit Véronique im Bett und wir ficken, bis wir nicht mehr können, und dann essen wir was und trinken Bier. Vorher Gueuze, nachher die Trappisten. Nein, das hast du nicht verdient – aber seit es so ist, bist du viel anhänglicher, zutraulich, ein richtiges Schmusekätzchen. Ich weiß auch nicht, wie das weitergeht. Was soll ich denn anderes tun, als erst mal alles so lassen? Hoffentlich geht das noch eine Weile gut und hoffentlich rückt die Bank weiterhin Geld raus. Wird mehr und mehr. So viel hatte ich noch nie. Aber irgendwann hört es auf. Mag gar nicht daran denken. Was ist dann mit Véronique? Sehe ich sie noch? Ich muss mit ihr etwas Neues anfangen. Das darf nicht enden. Nie!

Ich habe Hunger. Ich hole Véronique ab und dann gehen wir essen. Und dann lieben wir uns. Die ganze Nacht. Warum bin ich niedergeschlagen? Bestimmt nur das viele Bier gestern. Zu viel macht traurig. Wenn ich sie sehe, wird es gleich wieder besser. Ein Abend kann lang sein, wir haben noch viel Zeit. Ich will sie küssen, überall.

Ratta ratta, erneut fährt der Zug ab, bringt mich zurück in die trostlose Wochentag-Region. Ich dämmere, ich schlafe, ich träume, bin nicht ganz da, wie betäubt, wie erlegt vom Glück. Daheim gleich ins Bett und rüberrudern nach Morgen.

Au, tut das weh beim Pinkeln. Brennt. Das geht ja gar nicht mehr weg. Hört doch sonst gleich wieder auf. Gibt es ja manchmal ein paar Tage. Aber das brennt richtig. Hoffentlich habe ich mir nichts eingefangen? Gestern im Zug war noch nichts. Unangenehm. Na ja, wird schon wieder. Mache ich mir Tee. Die Bakterien spüle ich weg! Sehe ein bisschen fertig aus. Ringe unter den Augen und blass. Übernächtigt. Habe doch gut geschlafen. Aber zu viel getrunken. Das belgische Bier haut rein. Also heute Tee. Kein Bier, kein Wein.

Zur Bank muss ich. Den Gewerbeschein vorzeigen. Für mein neues Superkonto mit Bargeld ohne Ende. Geschäft ist Geschäft! Da wird einem nicht in die Suppe gespuckt. Brennt höchstens mal ein bisschen. Wo habe ich ihn bloß hin? Dachte, er wäre im Ordner. Scheiße. Jetzt darf ich die ganzen Schubladen durchwühlen. Das gibt es doch nicht. Irgendwo muss der Fetzen doch sein? Noch mal alles in Ruhe. Blatt für Blatt. Fast so, wie der Maskenmann das Geld immer zählt. Nur, dass sich deswegen das Ergebnis jetzt auch nicht ändert. Kein Gewerbeschein, nirgends. Dafür brennt es beim Pinkeln. Na toll. Ich werde den doch nicht aus Versehen weggeschmissen haben? Das gibt es doch nicht. Und bei meiner Steuer vom letzten Jahr ist er auch nicht. Ob die mir den Schein noch mal ausstellen, wenn ich anrufe und sage, ich hätte ihn verloren? Zu blöd! Ich werde den doch finden! Die ganzen Kisten auf dem Schrank. Da habe ich doch auch lauter altes Zeug drin. Hilft nichts, das muss jetzt auch alles raus! Schaut ohnehin bereits aus wie nach einem Einbruch. Erst mal alles runter. Die

Hälfte von dem Zeug kann ich eigentlich gleich wegschmeißen. Brauche ich nie wieder! Ha – was haben wir denn da? Da ist ja der Ausreißer. Gott sei Dank, bin ich froh! Neuer Computer und Gewerbeschein, das ist alles, was ich brauche, habe ich mir gesagt und den Schein in die PC-Verpackung gepackt. Was für eine Existenzgründung! Und nach ein paar Wochen hat mir der Wichser dann seine negative Bewertung hinterlassen, nur weil er nicht lesen kann. Kauft einen Computer als defekt und beschwert sich dann, dass er nicht läuft. – Ach fuck! Da steht Versandhandel für Hardware und Software, neu und gebraucht. Natürlich! Von Schmuckhandel steht da nichts. Warum muss immer alles so kompliziert sein. Da ist doch überall der Wurm drin. Was mach ich denn jetzt? Ach scheiß drauf, wenn sie was sagen, muss ich's halt noch ummelden! Und dem Lindner gehe ich aus dem Weg. Reine Formsache! Steuernummer, Umsatzsteuer-ID. Eine Tasse Tee, dann ziehe ich mich an und versuche es einfach.

Bankgang erledigt. Das mit dem Geschäftskonto ist gebongt, bin ich froh! Haben den Gewerbeschein kopiert und kommentarlos abgeheftet. Schmuck oder Hardware, ist doch scheißegal! Hat nicht mal draufgeschaut. Konto eröffnet. Steht ab sofort zur Verfügung, hat die Mitarbeiterin gesagt. Und habe einen Fünfziger aus eigener Tasche bar einbezahlt. Sicherheitshalber. Weiß ja nicht, wann das erste

Geld da ist. Nicht, dass die schon kommen, weil es zum nächsten Monatswechsel wegen der Kontoführungsgebühren überzogen ist. Keinen Kredit, keine Fragen, keinen Ärger! Wenn die jetzt damit zufrieden sind, dass sie das bisschen Gebühren einstreichen können, soll es mir recht sein. Verdienen sie halt ein paar Cent an jeder Überweisung. Dafür sind sie im Glauben, dass es richtig war, mich angesprochen zu haben. Denken, die haben das jetzt in ordentliche Bahnen gelenkt. Ist doch wunderbar! Der Maske bring ich die neue Kontonummer mit und das komplette Bare wie bestellt, dann ist er zufrieden. Und alles ohne Probleme, dank meiner Schnapsidee, das ganze Computerzeug bei Ebay zu verkaufen. Als Nebengewerbe. Aber zu viel ist unter Wert weggegangen. Hat mich jedes Mal wieder geärgert. Die ganze Arbeit für ein paar Euro. Und dann noch die Gebühren! Aber ab und an war es doch ein nettes Zubrot. Das Zeilengeld ist ja ein Witz. Nur viel zu viel schwarz verscherbelt, sonst wäre ja gar nichts hängengeblieben. Schön blöd. Sieht man ja alles auf den Kontobelegen. Aber das wird die doch nicht mehr interessieren. War doch nicht schwarz, sage ich. Das waren doch Privatverkäufe. Aber wen werden jetzt noch diese Kleckerbeträge jucken? Habe gleich mal vierzigtausend Euro angemeldet. Von meinem alten Konto. Die hole ich am Mittwoch. Und melde das, was dann noch da ist, für Donnerstag an. Wahnsinn: Ein Dienstag ohne Bank!

Und jetzt? Erst mal pinkeln. – Mist, immer noch das Brennen. Dauert ein paar Minuten und klingt dann ab. Noch mal Tee! Gehe doch nicht zum Arzt deswegen. Hört schon wieder auf.

Tee kann ich keinen mehr sehen. Was soll's, ich mache jetzt ein Bier auf! Ein Bier und die Mailbox. Obwohl die Mailbox eher so eine Art Sekt ist. Kaum macht man sie auf, sprudelt es raus. Immer was los. Und mal wieder keine echte Mail für mich. Halt, doch, hier, von der Computer-Tag. Sieh an. Ob ich Lust habe, einen Artikel über Internetsucht zu übernehmen. Die sind gut. Internetsucht, Vereinsamung, Spamdope. Jetzt aber. Da schreibe ich gleich zurück, dass ich gerne wieder für sie schreibe und außerdem vielleicht ein spannendes Thema an der Hand habe, über das ich jetzt aber noch nichts verraten kann. Genau. Und weiter: Wie gesagt, schreibe gerne wieder für die Computer-Tag, aber erst möchte ich meine offenen Rechnungen bezahlt sehen. Die sind längst überfällig! Verärgert, trotzdem herzlich, Thomas Vogel. Verärgert, trotzdem herzlich. Das ist doch gut! Ha, wunderbar, dass die jetzt geschrieben haben. Jetzt brauche ich was zu essen und noch ein Bier.

Muss mal wieder raus. Ewig niemand gesehen, außer Christine. Elmar anrufen, wie es ihm so geht. Aber der ist ja auch andauernd mit seiner Flamme Elsa unterwegs. Oder Lorenz. Lange nichts von ihm gehört. Erst recht nichts von Niklas. Habe mich schon weitgehend verabschiedet aus München.

Fühle mich gar nicht mehr zu Hause hier. Also was soll's. Nicht, dass ich noch wem zu viel erzähle – die könnten sich ja auch rühren. Aus den Augen, aus dem Sinn? Denke sowieso nur noch an Véronique. Die Tage mit ihr sind der Hammer. Wie ich auf der Bank vor diesem Spar saß und sie in den Supermarkt geht und wieder rauskommt und mir in die Augen blickt und mich fragt, ob hier noch frei ist.

Hoffentlich ist das jetzt das letzte Mal für heute. Andauernd gehe ich pissen, und nur wie um zu sehen, ob es noch wehtut. Ob ich es einfach mit Aspirin versuche? Schaden kann es nicht. Und hau mich ins Bett. Könnte mal wieder ein paar Seiten lesen, zum Runterkommen.

Schlauchen schon, die Wochenendfahrten. Und das Heimkommen deprimiert mich jedes Mal wieder. Sollte mir einen Kurier anstellen, der das Geld für mich nach Antwerpen bringt, dann kann ich dort bleiben. Vielleicht hat das der Maskenmann ja auch so gemacht. Vielleicht bin ich nur ein Kurier in einer langen Kette von Vorgängern, die alle lieber in Antwerpen geblieben sind. Und jedem seine Véronique? Wie groß die Bande wohl ist? Und was sind das für Diamanten? Die man nicht bis zu ihnen zurückverfolgen können soll. Ich bin dazwischen. Die Firewall. Der Router.

Wie spät? Zehn. Geschlafen wie ein Stein. Brummschädel. Bin ich vielleicht das Augustiner nicht mehr gewohnt?

Immer noch dieses Brennen. So ein Scheiß! Jetzt gehe ich doch lieber zum Arzt. Ich will ja am Wochenende bei ihr wieder fit sein. Hoffentlich nichts Ernstes.

Den Termin beim Urologen habe ich wenigstens bekommen. Notfall?, hat die Sprechstundenhilfe gefragt. Na ja, was heißt schon Notfall. Habe gesagt, dass es brennt, und sie hat gesagt, sie schiebt mich dazwischen. Gut so. Nur hoffentlich muss ich nicht allzu lange warten. Wie ich Wartezimmer hasse!

Ultraschall ok. Hoden, Nebenhoden, Prostata, und nichts an den Nieren. Glibber abwischen, kälter als Sperma. Wir machen noch einen Abstrich, sagt er und zieht den Streifen über meine Eichel. Au, ist das Schleifpapier? Schon fertig. Kann ich mich anziehen? Hosen hoch und eingepackt der Schwanz. Morgen Nachmittag soll ich anrufen und jetzt noch Urin dalassen. Glauben Sie, was Ernstes? Sagt, er kann nichts weiter feststellen, höchstens Bakterien oder ein Pilz.

Ein Pilz. Na toll! Wenn es das ist, muss ich es Véronique auch sagen. Ach Mist! Aber was kann ich schon dafür. Wenn, dann habe ich ihn von ihr. Und Christine? Oh Gott, der muss ich es dann auch sagen. Das wird ja angenehm alles.

Ich mache heute mal wieder die Wohnung. Aufs Lesen konzentrieren kann ich mich sowieso nicht. Da denke ich dauernd an meinen Pimmel und ob es brennt. Höchstens vor die Glotze. Aber Waschen, Staubsaugen, Abspülen lenkt noch besser ab, und dann ist es gemacht. Verkommt ja alles. Und Flaschen muss ich wegbringen. Der ganze Gang steht voll damit. Kaufe ich mir gleich Neues. Der Arzt hat nichts davon gesagt, dass ich nicht trinken soll. Das Bier entspannt sicherlich. Und spült den Scheißpilz raus, wenn es denn einer ist.

Das war lange schon nötig. Alles tipptopp! Bier und die Glotze habe ich mir heute redlich verdient. Fühle mich auch schon besser. Was gibt es Neues auf der Welt? Bekomme ja gar nichts mehr mit, so gehe ich auf in meinem Job als Kurier. Noch kaum was gegessen. Aber keine Lust auf Kochen. Und aus dem Haus bringt mich heute nichts mehr. Ein paar Käsebrote sind gut genug.

Ein halber Film und noch ein halber Film und noch einer. Zu jedem ein Bier. Den Käse verdaut. Die Augen haben genug. Und Kreuzweh vom langen Hocken auf dem unbequemen Sofa. Sollte mir ein neues kaufen. Zähne putzen. Zeit fürs Bett.

Ich wäre jetzt so gerne bei ihr! Sie ausziehen und auf das Bett legen. Ihr zwischen die Beine fassen und sie holt meinen Schwanz aus der Hose, nimmt ihn und steckt ihn sich rein. Ob ich mir einen runterhole? Ob es dann brennt, wenn es mir kommt?

Nicht schlimm! Sex funktioniert noch. Véronique, du heilst mich von allem. Denkst du auch an mich? Oder liegst du mit einem anderen im Bett? Ich will gar nicht daran denken. Véronique, eine Nutte. Ist sie das wirklich? Nur bezahlt? Aber die beste Frau, die mir je begegnet ist. Darf mich nicht verrückt machen. Ich bekomme sie. Ich bekomme sie. Ich bekomme sie! Wir sind füreinander bestimmt.

Toll geschlafen! Dann sehen wir mal, was der Morgenurin macht. – Kommt ohne zu zögern, brennt noch, aber war schon schlimmer. Mein Sperma-Angriff hat gestern hoffentlich einiges rausgeschwemmt. Dann mache ich mal weiter mit viel Tee und hole mir eine Zeitung.

Vier Anrufe auf dem Handy. War die ganze Zeit aus. Arme Christine. Ist bestimmt wieder sauer. Rufe ich sie an und sage ihr, dass ich krank war. Die Grippe oder so, oder den Magen verdorben, schon besser. Im Bett, seit ich zurück bin. Schon viel besser.

Klar kann sie vorbeikommen. Die Wohnung ist ja auf Vordermann. Besuche mich ruhig, Christine, so lang du keinen Stress machst. Nur reinstecken mag ich ihn dir heute lieber nicht.

Jetzt gehe ich aber gleich noch zur Bank, dann habe ich das für heute auch erledigt. Hole die vierzigtausend, die ich angemeldet habe, schau, wie viel noch drauf ist, und melde es für morgen.

Geld wie Heu. Wenn das so weitergeht, wird das Druckerpapierfach nicht lange reichen. Aber schlecht ist mein Versteck nicht, glaube ich.

Wenn Christine wüsste, dass ich mittlerweile eine richtig gute Partie bin! Frau Doktor in spe. Da kommt sie schon – trinken wir Kaffee. Aber ganz ohne Fummeln.

Ob ich ihr mal sagen soll, dass mich die Geschichten von Eva nicht interessieren? Was soll ich damit? Alles haarklein erzählt. Eva hier, Eva da. Frauenfreundschaften. Die haben sich alle den Klatsch-Virus eingefangen. Nur der brennt nicht, deshalb merken sie es nicht. Muss büffeln diese Woche, sagt sie. Für die mündliche Prüfung. Die Promotion steht ihr bis über die Ohren. Noch ein paar Wochen, dann ist alles erledigt, Frau Doktor. Haust mich dann raus, wenn mich die Staatsanwaltschaft unter Anklage stellt. Warst auch wirklich blass unter den Augen vom vielen Lernen. Glück im Unglück. Musste ich ihr nicht erklären, warum ich keine Lust auf Sex mit ihr habe. Hat sich sowieso zurückgehalten. Eine Grippe ist das Letzte, was sie jetzt brauchen kann, hat sie gesagt. Und ich konnte nur nicken, eine Grippe oder irgendeinen belgischen Pilz, der dir beim Pinkeln jedes Mal wieder Hallo sagt.

Die Kaffeetassen spüle ich auch gleich. Und die beiden Teller. Schon süß, dass sie Kuchen dabeihatte. Werde ja noch ein Spießer! Alles sofort bereinigen, Saubermann. Fehlt nur noch der Handstaubsauger ...

Endlich den Arzt anrufen. Besetzt. Warten. Noch mal. Sehr gut, frei. Kann ich den Doktor sprechen? Ich rufe wegen der Ergebnisse an. Moment bitte. Und Dudelmusik. Diese Wartemusik am Telefon ist echt immer der Hammer. GEMA-freies Zeug. Herr Vogel? Ja? Alles in Ordnung! Nichts im Urin, nichts im Abstrich. Und warum brennt es dann so? Na ja, wahrscheinlich nur eine Reizung, ob ich in letzter Zeit häufig Sex hatte? Hmm, eher ja. Sagt, es sollte jedenfalls schnell besser werden. Wie gesagt, nur eine Reizung. Mechanische Beanspruchung, wenn ich verstehe, was er meint. Ach so, ja, es ist heute auch schon besser als gestern. Gut so, sagt er, und wenn es nicht vergeht, soll ich einfach noch mal kommen.

Mann, da bin ich jetzt aber schon froh! Mechanische Beanspruchung, der ist lustig! Bin den vielen Sex wohl noch nicht gewohnt. Muss erst noch ein wenig trainieren! – Ach, ist das super! Und jetzt bin ich beruhigt. Gut, dass ich dort war. Gehe ich doch gleich mal pinkeln. – Na also, schon besser, das brennt doch kaum noch.

Mache mir einen gemütlichen Abend. Morgen noch Geld von der Bank und Freitag geht es schon wieder los, westwärts! Telefon. Was gibt's? Hallo Christine. Hallo Schatz. Ob es mir besser geht? Ja, viel besser. Wahrscheinlich hatte ich mir wirklich nur den Magen etwas verdorben. Die blöde Buffetfresserei vom Wochenende. Ob ich so reingehauen habe? Was soll man auf langweiligen Produktvorstellungen sonst tun? Da haut sich jeder nur den Bauch voll! Keine Grippe? Ich glaube nicht. Die würde doch länger als zwei Tage dauern? Dann kann sie es ja riskieren, sagt sie und fragt, ob ich mit ins Kino gehe. Ins Kino? Ich dachte, du musst lernen. Sie kann nicht mehr. Sie gönnt sich jetzt eine Auszeit bis morgen. Das muss sein. Das braucht es auch mal. Ich will den doch sicher auch sehen, oder? Sie unbedingt. Doch doch. Aber heute? Ich weiß nicht. Ich soll kein Spielverderber sein, bitte. Und danach will sie noch was trinken gehen. Nicht lang. Sie muss morgen ja wieder fit sein und ich wieder ganz gesund, hoffentlich. Also gut, ins Kino, warum nicht.

Ein Schmarrn, der Film, aber Zeit vergeht. Berieselt mit Bildern. Und Christine vergisst ihren Doktor, lässt sich das Hirn ein wenig durchlüften. Und hat doch gleich wieder ein schlechtes Gewissen. Trinkt mit mir danach in der Kino-Bar eine Brause. Sie eine Brause, ich ein Bier. Fährt sich durchs Haar, andauernd. Dass sie nervös ist. Ja, ich seh's Christine. Der Doktor rückt näher und noch so viel zu tun. Das schaffst du schon, kein Problem, du bist doch fleißig wie niemand. Ich übertreibe, lacht sie, aber für die mündliche Prüfung muss sie noch allerhand machen, sonst wird sie zerlegt. Und hat ihre Tage, wie als Entschuldigung, dass sie mich heute nicht mehr ranlässt. Merkt gar nicht, dass ich gar keine Anstalten mache, dass ich lieber anderswo bin.

Gehen wir. Bringe ich sie heim. Bis vor die Türe. Dann alleine zu mir. Gehe ich schlafen.

Und aufstehen, ins Bad, unter die Dusche, den Rasierapparat um Backen und Kinn. Kann mich auf gar nichts konzentrieren. Véronique, der Donnerstag vergeht immer so langsam, seitdem ich dich kenne. Ich hocke da wie auf dem Sprung, wie im Wartezimmer, und Christine lernt ihre Gesetze. Kein Sex ausnahmsweise. Bleib ich allein. Sie hat ihre Tage. Hoffentlich nicht auch Véronique, das wäre schlimmer! Hoffentlich fällt es bei ihr nicht aufs Wochenende. Beim Pinkeln nichts mehr.

In den Mittag und aus dem Mittag in den Nachmittag und aus dem Nachmittag in den Abend. Vergehe Tag, ich brauch dich nicht mehr, ich will endlich nach Morgen. Aus der Bank tatsächlich noch mal siebenunddreißigtausend Euro getragen, gepackt. Alles bereit.

Noch mal die Spam abholen, sonst ist es nächsten Montag wieder so viel. Werbung macht Arbeit! Was haben wir denn? Internationale Kontakte. Sieh an. Hallo Annunziata Schmelzer – so heiße ich aber nicht –, ein Freund hat mich gebeten, sofort Kontakt zu Ihnen aufzunehmen. Bitte senden Sie Ihr Profil per Post an unser Head-Office – na klar! – , auf Sie wartet ein grandioses Angebot, welches Sie nicht ausschlagen werden. – Vielen Dank, grandioses Angebot hatte ich schon. Eines, das ich wirklich nicht ausschlagen konnte. Zum Glück! Und die glauben wirklich, dass ich da jetzt antworte, und schreibe, dass ich zwar nicht Frau Annunziata Schmelzer bin, aber das grandiose Angebot dennoch gerne annehmen würde? Ja, das glauben die. Und die glauben das, weil es tatsächlich welche gibt, die das tun. Sonst gäbe es doch längst keine Spam mehr? Oder schreibt die sich selber? Hat sich schon längst jeder menschlichen Kontrolle entzogen, lebt in Maschinen, vermehrt sich. Nächste bitte. Betreff: Re: Re: Re. Ja was denn Re? Ein Mr. Wolf schickt mir eine Rolex. Ein Bild von einer Rolex. Order online now, with confidence. Perfect Replicas, Lifetime Warranty. Gleich bestellen, nicht zögern, nie zögern. Nächste! Hi, let's me wish you more happiness in your life!!! Na klar. Lösch, lösch, mein Zeigefinger freut sich. Betreff: Fighting sexual disorder – brauche ich nicht, schon versorgt! Nächste. Betreff: Fwd: Re: Dein nächster Fick wartet schon auf Dich! Diese Nachricht wurde mit Wichtigkeit Niedrig gesendet. – Das ist doch alles zum Lachen. Mein nächster Fick wartet auf mich. Ja, und ich warte auch!

Eine Pizza in den Ofen, ein Bier aus dem Kühlschrank. Ich freue mich. Die Fahrt wieder vor mir. Das viele Geld. Wochenende. Ich führe eine Wochenendbeziehung. Ist doch ganz normal. Tun viele! Gar nicht so schlecht eigentlich. Lädt sich die Sehnsucht immer wieder auf.

Noch ein bisschen fernsehen. Zappen. So ähnlich wie Spam irgendwie. Trainiert den Zeigefinger. Die ganzen Fressen. Genauso verlogen. Alles nicht echt. Aber wer will es schon echt? Echt ist gefährlich. Mit Haut und Haaren. Eins noch, dann schlafe ich besser. Aber das letzte, sonst spüre ich es morgen.

Schön müde jetzt. Wohlig unter der Decke. Morgen liegt Véronique schon wieder neben mir. Morgen sehe ich ihr Gesicht, ihren Körper.

Hat mir einen geblasen und gefragt, ob wir ins Kino gehen. Und jetzt sitze ich im selben Film wie vorgestern mit Christine. Gefällt mir schon besser. Und hat ihre Hand in meinem Schritt. Ich kann gleich nicht mehr, Véronique, du machst mich völlig wahnsinnig. Wenn ich mir vorstelle, dass wir dann gleich ins Bett gehen und ich ihn –. Und du riechst schon wieder so gut. Kein Wunder, dass ich da eine mechanische Reizung habe. Aber das trainieren wir weg. Ihre langen Finger um meinen Schwanz. Wie soll ich denn nachher aufstehen, mit dem Steifen?

Der Film ist aus, endlich, ich halt's nicht mehr aus. Sie hat Hunger, sagt sie. Ich auch. Aber keine Zeit. Komm, nehmen wir Fritten mit, ich will dich sofort. Wir essen sie gleich unterwegs, schlägt sie vor. Ja, das tun wir und ich kann's kaum noch erwarten.

Die Nacht. Und sie im Arm. Gemeinsam die warmen Pommes aus der Tüte essen. Versinken in Majo. Wie sie ihren Finger ableckt. Und nimmt meinen immer wieder und leckt ihn auch. Ich will sie jetzt. Endlich!

Runter mit der blöden Hose. Raus aus dem Pullover. Sie hat neue Wäsche. Wo gibt es diese geilen Sachen nur? Wie sie sich bewegt. Véronique, du bist so schön. Komm her, setz dich auf mich. Heute nicht, sie küsst mich, sagt sie. Komm, ich muss dich ficken. Nicht so schnell. Heute machen wir es mal wieder anders. Ach, warum denn? Ich will jetzt sofort rein in dich! Na, was haben Frauen manchmal?

Ihre Tage? Du hast deine Tage? Ja, aber das macht doch nichts. Wie schön er in ihrer Hand liegt, sagt sie ... sagt, mein Schwanz fühlt sich so seidig an ... sagt, lass uns mal sehen, wie er zwischen ihren Brüsten liegt. – Ja, gut liegt er da – ich soll ihn mir anschauen – und sie sagt, sie weiß, jetzt kommt es mir gleich – ich soll kommen, ich soll ihr mein Sperma ins Gesicht spritzen.

Ja. Ich spritze dir ins Gesicht, gleich, ja, mach weiter, ja, hier kommt es, hier, hier, hier kommt es –

War das gut, Süßer?, fragt sie mich, und ich soll sie anschauen, sie ist ganz voll, sagt sie, überall hat sie mich. Auf den Lippen, auf dem Augenlid, im Haar, auf der Brust. Véronique, das war gut. Lass dich küssen. Ein Gueuze? Ja, ein Gueuze. Sie macht es uns auf und wir trinken. Und wenn ich nicht genug habe, sagt sie, dann gibt es später noch ihren Po.

Gut gefrühstückt und jetzt drücke ich gleich wieder das Geld ab. Immer mehr zu zählen für den Maskenmann. Gestern Gueuze und noch eines und dann ihren Po. Ihr wunderschöner Hintern. Mechanische Reizung. Ja, und wie. Aber es brennt schon lange nicht mehr beim Pinkeln. Und ich bin noch nie so oft gekommen. Der kommt gar nicht mehr zur Ruhe. Dauernd nass. Sie hat ihre Tage und macht trotzdem Sex wie eine Göttin. Ihre Finger, ihre Zunge. Die Lippen. Ihr süßes Arschloch. Ihr Busen. Samstag schon. Und ab morgen wieder

Zwangspause. Das Wochenende zum Vergnügen, die Werktage zum Träumen.

Thomas, sagt sie, tut ihr leid, aber sie muss heute Nachmittag kurz weg. Was, du hast einen Termin? Thomas, das ging nicht anders. Schaut mich an, sagt, um sechs kommt sie zurück und dann gehört sie mir. Das Museum der Schönen Künste ist schön, sagt sie. Spielt mit meinem Nacken, sie mag ihn, aber vielleicht stehen mir kurze Haare besser. Hat einen Termin, hat einen Kunden? Und ich darf ihn ihr danach reinschieben? Sehe sie an und es ist mir egal. Das Geld abdrücken und mal alleine durch die Stadt. Rumlaufen mit meinem Steifen und die Unterhose einnässen. Hast einen Termin und kannst und willst mir nicht sagen, worum es sich handelt. Das Wochenende ist doch für uns! Da soll sich keiner dazwischendrängen. Ich stehe nicht auf Dreier, kein Sandwich!

Die Maske wie immer. Laissez-faire. Geschäftskonto, Geschäftsbeziehung. Wird einige Wochen dauern, bevor auf dem neuen Konto was eingeht, sagt er. Bis dahin räume ich halt noch das alte leer. Zählt das Geld und ich darf verschwinden. Brav gemacht und weiter so, sie sind zufrieden. Ich bin's auch. Fast wie früher beim Erdbeerenpflücken. Neun in den Topf, die zehnte für mich. Aber Véronique hat einen Termin, das war so nicht ausgemacht. Halt ich lieber mein Maul, eine andere will ich nicht, niemand sonst kommt in Frage, ihre Tage hin oder her. Streiche ich halt durch die Stadt und schau, was los ist. Die Dulle Griet. Durch das Diamantenviertel wollte ich schon lang mal. Interessanter als Museum. Muss gleich beim Hauptbahnhof sein.

Keine Autos. Kameras. Polizei. Worum es geht, bleibt verborgen. In den Schaufenstern nur Zubehör. Das, was man braucht, die Steinchen zu schätzen. Lupe und Waage und Größenskala. Diamantenbesteck. Oder Schaufenster mit allerhand Ringen und Broschen und Ketten, denen die Augen noch fehlen. Nur die Goldfassungen, in die die guten Stücke reinmüssen. Kauf mir was Schönes, bring mir was mit. Glastüren in Lobbys wie von Siebzigerjahre-Hotels, von Kongresshallen oder fadenscheinigen Banken. Nirgends groß Diamanten. Die zeigen sie sich in sicheren Räumen. Beanzugte Männer en masse. Finstermänner. Laufen von einem Eingang zum nächsten. Die Architektur ist wirklich vom Scheußlichsten. Behelfsmäßig zusammengewürfelt. So, als könnte man alles jederzeit wieder umsiedeln – eins, zwei, drei, jetzt sind wir woanders. Dubai, Kapstadt, New York. Und der? Läuft tatsächlich mit einem Metallaktenkoffer, mit Handschellen ans Handgelenk gekettet. Auffälliger geht's nicht. Stiehlt man den Mann mit und schneidet ihn runter! Hand werfen ... Trägt die Diamanten von A nach B und schon sind sie mehr wert? Auch ein Kurier! Kollege! Er Diamanten und ich Kohle. Die härteste Währung ist seine. Meine dafür leichter zu teilen – zahl mal 'nen Kaffee mit Diamanten! Geldkoffermann, pass auf deine Hand auf, ich mach mich vom Acker. Nicht, dass noch wer meint, ich will meine Nase wo reinstecken – sieht jeder, dass ich hier nichts verloren habe. Keinen zielgerichteten Gang, keinen Anzug. Und in dieser grattligen, windigsten Fußgängerzone, die ich je gesehen habe, bewegt die Welt ihre kostbarsten Steine! Kaum zu glauben, schmuck ist das nicht.

Weiter. Zurück zum Bahnhof. Hier reihen sich die Juwelierläden aneinander, volle Auslagen. Sieht wie Ramsch aus, in der Menge, wie Massenware. Billiges Spielzeug für reiche Fotzen und ihre korrupten Männer. Tragen die Steine am Hals oder Finger. Die leben tausendmal länger als das dummstolze Fleisch darunter. Und Véronique? Einen prallen Phallus im Anus? Kundschaft im Arsch. Vorne geht ja nicht. Bitte blas ihm keinen. Bitte komm unbefleckt zurück.

Mich wohin setzen und Bier trinken? Nicht gut für später. St.-Anna-Strand? Traurig alleine. Spontan zum Friseur? Nein, keine Lust. Doch ins Museum. Sie mag es, also schau ich es an. Zu Fuß durch die Straßen. In der Stadt läuft man immer mehr als auf dem Land. Läuft und läuft und die Häuser ziehen vorbei und entgegenkommende Passanten senken den Blick. Kenn mich nicht aus, aber fühle mich hier schon ein wenig zu Hause. Und bin doch überall nur auf Durchreise, Handlungsreisender in Sachen Spam und Diamanten. Daheim die Spam und hier die Kohle. Im Moment sind meine Taschen jedoch leer. Den Nachmittag frei und alleine.

Das muss es sein, verkehrsumflossen mitten auf dem Platz, hinter einer Antäuschung von Wasser, wie auf einer Insel. Die Insel der seligen Künste. Wer hier reingeht, wird erst mal klein gemacht. Und ganz oben lenken Engel die Pferde. Die Treppe hoch und durch die Säulen gewandelt. Durst. Kann man das Leitungswasser hier trinken? Ich mache es einfach. Erst mal aufs Klo, dann in die Säle.

Graue Stofftapeten. Samt. Ein großer Raum voller Rubens. Der König der Schinken. Frauenschenkel, Arschpartien. Körperfleisch. Ein Swinger? Sitze ich alleine hier und schaue auf all die Brüste und Bauchareale. Das Schauen als Potenz der Erfahrung. Als Steigerungsform für Ängste und Begierden. Als Lust an der Beherrschung der Körper, der Landschaft, der Welt. Ich bin und ich schaue. Die Frauen mit Bäuchen, mit Hügeln über der Scham. Wohl genährt und gut gebettet, dem Sex ein Kissen. Da sind Véronique und ich nur Gestelle. Aber was geht es beim Sex schon groß um bequem. Was ein Körper dem anderen ist. Mit der Haut. Und das wunderschöne Aus-sich-heraus-Denken. Die Schwere verlassen. Das war es, worum es sicher auch Rubens ging. Die Schwere annehmen und umso leichter sein. Ein anderer schiebt seinen Schwanz in ihr rum. Und trotzdem bin ich nicht der Gehörnte. Ich weiß es und sie weiß, dass ich es weiß, und wir wissen, dass es egal ist, dass es sich ändert, dass es schon bald anders sein wird, dass wir es sind, die zusammengehören. Alles andere ist nur Beiwerk, Illustration, Hintergrund, Erzählung, wie es dazu kam, zu uns zweien. Rubens. Der Fleischer unter den Malern. Maestro der Pasteten. Alles gut durchrühren, der Mensch ist immer unter vielen, Einsamkeit nur eine Illusion. Er ist Gezücht und Masse. Hofft auf das Höchste und fällt in die Scheiße. Ich brauche dringend ein Bier. Vergeht die Zeit endlich! Es reicht, wie lange sitze ich hier denn noch rum. Ich bin doch nicht beim Arzt im Wartezimmer. Ich bin Privatpatient, ich bin privilegiert, der Einzige, der wirklich Zutritt hat, zu ihr, zu ihrem Herz. Ich kenne sie gar nicht. Aber ich schaue sie an und weiß, wer sie ist. Und dass sie außergewöhnlich ist. Dass ich sie will und keine sonst. Sitze im Dämmer vor diesen riesigen alten Bildern, die schon so viele Blicke gestreift haben. Ein Nachmittag im Museum und dann ist er vergangen und ich bin nicht mehr hier, aber die Bilder. Die bleiben hängen, mit ihrem gemalten Fleisch, mit dem jede Generation aufs Neue verköstigt wird, nur, dass der Geschmack darüber verblasst. Ich brauch ein Bier. Ich fühle mich so schon betrunken. Bin ganz trocken. Staubig wie die hier abhängenden letzten Jahrhunderte. All das Gemalte, diese ganze hoffnungslose Überlieferung, der man Bedeutung zusprechen will. Gegen McDonald's kommt Rubens schon lange nicht mehr an. Die haben ihn längst überflügelt. Mit Rindern statt Frauen. Und Salat-Tussen. Ein

Bier und Fritten. Steh auf, geh endlich weiter. Was bin ich so träge? Tut so, als gehe es ihm um das Ewige, und malt nur Leiber, Nackte, den Pfuhl. So bekommt man die Gaffer. Ein Bier. Endlich. Steh auf. Raus, weiter. So leer, das Museum. Die Leute sind in anderen Tempeln. Restaurants, Fast Food, Kinos, Bordelle. Eva, den Zweig in der Hand und ein Blatt geschickt über dem Spalt. Ihr Bauchnabel ein Spiralnebel. Was spiegelt sich in ihren Augen? Wie ein Fensterkreuz. Haare bis zum Arsch. Eine Eva von Cranach. Die Schlange zutraulich, nett, die tut doch keinem was zuleide? Weiter, weiter, halt, hier, gekrönte Madonna, eine Brust entblößt, schaut auf ihr Kind. Die weiße Haut. Und ihr Busen wie ein Silikonballon. Jean Fouquet, von vierzehneinundfünfzig, und wie gerade eben gemalt. Die feisten roten und blauen Engel mit Kindergesicht. Wo geht es hier raus, ich kann nicht mehr. Zu viele, viel zu viel. Was ist das? Das ist ja verrückt. Der mischt Rubens und Bruegel und Bosch und es ist, als mache er sich lustig. Ein Popper, ernst wirkt das nicht. Ein fliegendes Getümmel im Himmel. Schweinskopf, nackter Arsch und Mönchskappe. Getier, allerhand, und der oben, mit der umklammerten Schlange, hat eine Brille auf wie ein Schwimmer. Die grinsen alle, nur der bärtige Alte schaut überfordert. So süße Monster, lauter Wolpertinger, aber er hat keine Lust auf den Jux. Und unten Löwen vor Elefanten, Giraffen und Geviech, das auf dem eigenen Schnabel Flöte spielt. Hat da alles reingepackt, was es gab und was er gekannt hat, vom Hörensagen. Maarten de Vos. Noch nie gehört. Und hängt da so rum, als wäre es gar nichts. Die Versuchung des heiligen Antonius. Heilige Scheiße, das ist doch was!

Ein Bier – endlich! Und jetzt zu ihr. Zeit wird es, ich warte doch nicht den ganzen Samstag. Ihr anderen Schwänze schleicht euch, besetzt! Ich bin der ihre und sie sieht das auch so.

Setzt sich auf mich und strahlt mich an. Nein, das war keine Kundschaft, wie ich mir das denn nur einbilden konnte, und sie dachte die ganze Zeit an mich und war feucht und hat sich auf unseren Abend gefreut. Meinen Schwanz in ihr spüren und sie auf mir. Meine Hände an ihrer Brust, ihrem Bauch, ihrem Po. Der Druck ihrer Schenkel, ihr fliegender Arsch – oh – Rubens, ich komme!

Der Sonntag verkatert und zum Bahnhof alleine, wie immer. Aber morgens ihr Gesicht, ihre Haare, ihre Hände auf mir, alles so schön, so, dass es nie vergehen soll, und der Scheißzug, der es immer beendet und eine Woche weiter in die Zukunft verlegt. Die Schaffner kennen mich schon und ich kenne die Schaffner. Zeige mein Ticket und sie stempeln es, dann darf ich zurück in den Dämmer und träumen von ihr – von dir, Véronique, deiner Lust und deinem göttlichen Körper. Ich kenne dich gar nicht, aber das stimmt nicht, ich kenne dich, ich weiß, wie du lachst, wie du isst, wie du fickst. Ich träume von dir den ganzen Sonntag lang und der Zug rattert übers Land, entfernt mich von dir und trägt mich zurück in meine Stadt, die ohne dich mein Interesse gar nicht verdient hat. Die Wohnung leer und seelenlos. Kein Lachen, kein gar nichts, noch nicht mal ein Bier im Kühlschrank. Nur deine Muschel, die Decke, meine Hand und der Schlaf dann.

Kurierdienst. Aufstehen, anziehen und zur Bank. Geld holen. Was Neues drauf? Ja, natürlich. Wo kämen wir denn sonst hin. Der, der in meinem Namen die Diamanten vertickt, ist ganz schön fleißig. Bald kein Tag ohne Überweisung. Wie macht der das?

Zum Glück haben die mich in der Bank seitdem nicht mehr angesprochen. Scheint zu funktionieren mit dem Vermerk, den der damals gemacht hat. Quasi abgehakt und für koscher befunden, dank Geschäftskontoeröffnung. Diese blöde Flohmarktgeschichte. Ich hätte die nicht geglaubt. Aber wer weiß. Vielleicht ist das ja gar nicht so ungewöhnlich. Und der gute Bankangestellte wird gelobt, dass er so schön aufgepasst hat. Wo kämen wir denn da hin, wenn jetzt jeder die krummen Geschäfte schon vom Privatgirokonto aus machen würde. Und mein Geschäftskonto wird bisher noch nicht mal benutzt! Aber ich habe es und bezahle dafür.

Geld ablegen. Was mache ich noch mit dem Tag? Ist eigentlich ganz schön draußen. Könnte mal wieder einkaufen gehen. Noch besser, zum Friseur. Véronique überraschen.

Kurz, kürzer, ganz anders. Fühle mich gleich viel frischer. Kommt mehr Luft an den Kopf. Kein alter Zopf mehr. Hätte ich längst abschneiden lassen sollen.

Thomas? Elmar! Alter Junge, lange nicht gesehen. Das kann man wohl sagen, wie geht's? Kurze Haare! Ja, komme gerade vom Friseur. Du bist der Erste, der es sieht. Wie findest du es? Warum nicht. Gut! Wie geht es Elsa? Elsa? Ach, gut, soweit. Ein bisschen Stress mit ihrem Job. Aber wenn alles gut geht, macht sie demnächst ohnehin ein eigenes Atelier auf! Echt. Das klingt ja toll. Klar. Und wir können dann demnächst über den Laufsteg spazieren und ihre Kollektionen vorführen. Bin dabei. Oder lieber den langbeinigen Models zusehen. Von der Umkleide aus. Macho. Und wenn der wüsste. Laufsteg. Véronique würde die beste Figur machen. Sie alleine würde dafür sorgen, dass deine Elsa Erfolg hat! Wie sieht er denn aus. Hat sich gehen lassen? Was macht dein Doktor? Nicht viel. Er lässt sich Zeit, überhaupt keine Lust momentan. Und er will wissen, was ich so mache. Na ja, schreibe immer noch für dieses Blatt. Computer-Tag, du weißt schon. Und im Augenblick schicken die mich fast jedes Wochenende irgendwohin. Kongresse, Produkteinführungen und so weiter. War schon in Genf, in Brüssel, in Warschau – kenne bald halb Europa, wenn es so weitergeht, aber halt leider nur die blöden Kongresszentren dort. Zeit für Sightseeing bleibt keine. Sieht mich an, als hätte ich das große Los gezogen. Habe ich ja. Aber nicht mit der Computer-Tag. Zögert, die Handflächen nach oben, ob ich ihm was leihen kann, er ist gerade knapp bei Kasse. Und der Verkehr saust vorbei, links und rechts. Alle wollen wohin. Leihe ich ihm was? Dann kommt er immer wieder. Sorry, Elmar, bin selbst gerade erst meine Schulden los. Das, was ich in dem Job kriege, ist ohnehin ein Witz. Na ja, dann nicht, sagt er. Beleidigt! Er muss weiter. Mach's gut, sagt er, und viel Spaß in deinen Städten.

In meinen Städten ... nur Antwerpen, nichts weiter! Ciao Elmar, melde dich mal. Aber er hört mich nicht mehr. Schleicht den Bürgersteig entlang. Muss halt Kurier werden, wie ich. Dann hat er was. Ach scheiße. Fühle mich ganz schön mies. Mir quellen die Scheine doch nur so aus der Tasche. So zerbrechen Freundschaften. Aber wann haben wir uns schon getroffen, die letzte Zeit? Ich zieh nach Antwerpen. Nein – ich nehme Véronique mit und wir gehen ganz woandershin! Neues Glück, neue Freunde.

Und jetzt zu Christine. Kaffeetrinken. Damit sie ihre Lernerei mal eine Stunde unterbrechen kann, hat sie gesagt. Bin ich froh, dass ich die Büffelei lange hinter mir habe. Die ganzen Nachmittage, die man als Kind über beschissenen Büchern rumhängt. Vokabeln pauken. Abitur. Und dann Studium. Das war genug! Sense! Noch mal drei

Jahre Stress mit dem Doktor wollte ich mir nicht mehr machen. Genug Informatik! Tja, und Elmar kommt ja offensichtlich auch nicht damit zurecht. Hat wahrscheinlich schon hingeschmissen. Ich glaube, es gibt mehr halb und beinahe fertige Doktorarbeiten als abgeschlossene. Aber Christine zieht das durch. Die ist fast fertig und macht bestimmt ein summa cum laude. Das Examen hat sie ja auch mit Prädikat bestanden. Ihre Doktorarbeit ist perfekt und jetzt zieht sie sich noch mal alles rein, was sie glaubt, noch nicht gut genug zu wissen. Da hat sie sich einen Kaffee verdient, würde ich sagen.

So, Kuchen habe ich. Alles paletti. Bin gespannt, was sie zu meiner Frisur sagt.

Gut, dass ich da bin, sagt sie. Ihr schwirrt der Kopf. – Thomas! Was denn mit mir passiert ist, will sie wissen. Und drehe mich für sie einmal im Kreis. Achtung, nicht, dass ich den Kuchen runterwerfe. Und? Wie findest du's? Ungewohnt findet sie's. Wie ich denn darauf gekommen bin. So kurz, warum denn auf einmal? Ich habe halt mal was Neues gebraucht! Etwas mehr könnte sie schon dazu sagen, aber sie freut sich nur über die Torte, lecker, sagt sie, Schwarzwälder Kirsch, und setzt Kaffee auf und verliert kein Wort mehr über meine Frisur. Gefällt ihr nicht. Aber für sie ist sie ja nicht, was kümmert's mich denn noch groß, ob ich ihr gefalle. Trotzdem habe ich mir mehr Reaktion erwartet, von der Frau Doktor in spe. Und, was macht die Lernerei? Hoffentlich bald beendet. Wirst ja noch ein Gespenst!

Genervt sieht sie aus. Ach geht schon, meint sie. So gesehen ganz gut, dass ich die Wochenenden fort bin, so kann sie sich jedenfalls nicht vorwerfen, sie hätte zu wenig getan. Wenn nur endlich die Prüfung rum ist, darauf freut sie sich am meisten. Na ja, Ausnahmesituation halt, Ausnahme alles. Und die größte Ausnahme von allen ist Véronique! Bei ihr fühle ich mich nicht so spießig! – So, jetzt aber: Kaffee und Kuchen.

Ich habe Elmar getroffen. Zufällig. Auf der Straße. Elmar, wie geht es ihm?, will sie wissen. Dabei mag sie ihn nicht besonders. Er hat mich angepumpt. Und? Ob ich ihm was gegeben habe? Nein, habe ich nicht. Warum nicht? Ich bin doch keine Bank. Aber wieso? Ob ich glaube, ich hätte es nicht zurückbekommen? Nein, weiß nicht. Jetzt schau mich nicht so an. Nur, weil ich ausnahmsweise mal Kohle habe und endlich nicht mehr in den Miesen bin, muss ich nicht gleich mit meinem Geld den Wohltäter spielen. Rührt in ihrem Kaffee und sieht mich an, als sei sie mein Psychiater. Elmar muss sich einfach mal klar machen, was er will. Entweder er macht den Doktor endlich fertig oder er braucht einen Job. Ich kann ihn nicht ernähren. Trinkt einen Schluck, überlegt, sagt, na ja, sie dachte, wir sind Freunde. Freunde? Bekannte! Was mache ich schon noch groß mit ihm. Aber Freunde braucht man doch gerade, wenn es einem nicht gut geht. Immer ihre Sprüche. Christine, komm, hör auf, er hat mich angepumpt und ich habe ihm nichts gegeben. Besser so, glaub mir. Ach scheiße! Und nächstes Wochenende? Nächstes Wochenende? Ja, wohin es da bei mir geht. Was weiß ich. Noch nicht sicher. Zürich steht im Raum. Sieht mich an, sagt, Zürich, nicht schlecht! Ich beschwere mich ja nicht und vielleicht könntest du mit, wenn nicht deine Lernerei ... Aber trotzdem: Ein Wochenende daheim wäre mal wieder ganz schön. Sticht ein Stückchen vom Kuchen, balanciert es auf der Gabel vor ihrem Mund, sagt, das machen wir, wenn sie die Prüfung hinter sich hat. Dann gönnen wir uns mal ein Wochenende nur für uns. Mund auf, Gabel rein, Mund zu, Gabel raus. Ja, machen wir. Nur für uns. Aber anders. Nicht mit Christine! Nur für uns, Véronique!

Lange geht das nicht mehr. Aber ich kann Christine doch jetzt nichts sagen. Muss ihr weiter was vorspielen. Und nach der Prüfung? Gerade dann, wenn sie so happy ist, kann ich es ihr doch auch nicht versauen. Véronique, was machen wir bloß? Ich möchte zu dir. Hier hält mich nichts mehr. Aber es ist so schwer, die Dinge zu regeln. Und ohne Christine würde ich hier doch total versauern. Mich unter der Woche in meine Wohnung verziehen und durchschlafen, bis es Zeit für den Zug ist. Nichts zu tun. Keine Lust. Könnte ja ausgehen, es mir gut gehen lassen. Aber das will ich nicht. Ich will mit ihr weggehen. Weiß nur noch nicht, wie ich es anstelle. Muss noch eine Weile so weitergehen. Jede Woche ein paar Tausend Euro für mich, da kommt was zusammen. Bei meiner Bank bin ich Großkunde. Keine Ahnung, ob da überhaupt jemand mehr Geld rausträgt als ich?

Vergeht und vergeht nicht, die lange Woche. So öde. Wenn ich Véronique wenigstens mailen könnte oder anrufen. Nicht mal ein Foto von ihr hat sie mir erlaubt. Bleibt nur die Vorstellung. Sehe nur noch sie, wenn ich onaniere.

Schon wieder! Scheiße. Jedes Mal ein gehöriger Schreck. Und immer so laut: zack! Die ist doch erst durchgebrannt, die blöde Birne. Irgendwas stimmt da nicht mit der Lampe im Gang. Wird wahrscheinlich zu heiß unter der Glasabdeckung. Wechsle ich gleich, habe noch eine da. Sogar einen ganzen Packen. Hoffentlich hält die jetzt mal länger als ein paar Wochen. Vielleicht sollte ich mich mal um eine Halogenbirne kümmern, ist ja Blödsinn so. Jedes Mal das Balancieren auf der Standleiter. Was ist die eigentlich so wackelig?

Computer hoch. Schauen wir mal, was wir da haben. Was macht das Konto? Gut! Ein nicht endender Fluss. Die Überweisungen kommen fast so zuverlässig wie die Spam. Allmählich dürften sie alle Juweliere durchhaben. Dass die alle kaufen? Muss wirklich etwas sein, bei dem man nicht widerstehen kann. Auf dem Flohmarkt findet man das wohl eher nicht. Und erhalten alle eine Rechnung in meinem Namen und meine Bankverbindung und überweisen ganz brav. Bekommen wohl satt Skonto, wenn sie schnell zahlen. Wie viel haben wir denn diesmal? Neuntausend vom Montag, vierzig vom Dienstag. Und jetzt immer noch zweiundvierzig drauf. Kommt bestimmt noch was morgen. Melde ich mal fünfundvierzig an. Und auf dem neuen Konto noch nichts ... Dann darf ich Zug fahren mit? Mit vierundneunzigtausend! Und habe die Woche neunvier verdient. Das bekomme ich sonst gerade mal in einem halben Jahr, wenn es gut läuft.

Die Sessel-Mail. Hatte ich schon tausendmal! Sitze aber gut und Barhocker brauche ich keinen. Und eine Mail von E.: Play and make big money. Ja, mache ich. Aber auf meine Art! Do not ignore me please, I found your e-mail somewhere and now decided to write you. Let me know if you do not mind. If you want I can send you some pictures of me. I am a nice pretty girl. Don't reply to this e-mail. E-mail me directly at, na klar, mache ich.

So viel war es noch nie. Kann das Konto gar nicht so schnell leerräumen, wie es sich füllt. Fast so wie die Mailbox, nur, dass es auf dem Konto angenehmer ist. Geld ist auch Spam und hat die Welt längst zugepflastert mit Käuflichkeiten. Wie minutiös sie mir in der Bank immer die Geldscheine vorzählen. Zählen es, ich nehme es, und der Maskenmann zählt es wieder. Als ginge es doch immer noch darum, jeden Schein einzeln in die Hand zu nehmen, sich seiner Existenz zu vergewissern. Vierundneunzigtausend sind neuntausendvierhundert für mich. Für mich und Véronique. Ich will, dass sie am Samstag mit mir einkaufen geht. Was Tolles. Was sie abends dann anzieht. Und was noch Tolleres drunter. Packe meinen Anzug ein, eine Krawatte, und wir gehen schick aus. In die Bar, gleich vor dem St.-Anna-Tunnel. Trinken da was und gehen dann, wenn wir es nicht mehr aushalten, zu ihr. Nehmen uns Champagner mit und trinken ihn aus der Flasche. Schöne neue Strapse soll sie sich kaufen. Strapse und Champagner.

Alles beisammen. Eigentlich ist der Zug meine dritte Wohnung! Zwei Tage die Woche. Der Freitag, der Sonntag. Immer so kurz bei Véronique. Zwei Nächte. Warum bleibe ich nicht länger? Was hat sie für Kundschaft, wenn ich nicht da bin? Meine Leute kennt sie nicht, hat sie gesagt. Auch nur als Maske. Aber vielleicht geht er ohne Maske zu ihr? Und ohne Handschuhe.

Diesiges Wetter. Ein Tag, an dem man nicht wach wird. Nichts lesen, nur dämmrig aus dem Fenster schauen, auf die vorbeirollende Welt. Immer das Überbrücken von Entfernungen. Und das Umsteigen nervt. Bahnhofskarussell. Hallo und auf Wiedersehen ihr Zeitschriftenstände und Fressbuden. Sandwich verdrückt, das Neue vom Tag gelesen. Vorbei an den Banken. Frankfurt vorbei. Zug zwei, fahr schneller, die Landschaft kenn ich schon! Die Musik im Ohr, wieder von vorne. Dass Zeit vergeht, und Kilometer. Tausende Schwellen unter mir durch.

Was ist denn jetzt? Warum hält der jetzt? Auf offener Strecke. Hier ist doch nichts. Und ganz schön abrupt. Ein Anschlag? Oder Razzia? Die finden das Geld. Was mache ich denn jetzt. Die anderen schauen auch aus ängstlichen Augen. Aber in diesen ICEs kann man ja nicht mal das Fenster aufmachen und rausschauen. Regelrecht eingesperrt in dem Kasten. Sitzsardinen. Nur die Ruhe. Geht bestimmt gleich weiter. Was bin ich denn so nervös? Klar, die halten einen ganzen Zug an, um mich zu verhaften. Geht einfacher. Am besten einfach weiterlesen. Passt doch. Keiner weiß mehr.

Ach scheiße, was ist denn? Schon über zehn Minuten Stillstand. Die könnten wenigstens mal eine Durchsage machen. Gott, ich habe doch nicht alle Zeit der Welt, sie wartet! Und ich warte auch. Fahr weiter, fahr endlich weiter!

Thomas! Endlich. Wo ich war? Sie dachte schon, ich hab sie versetzt! Ich dich versetzen? Nie! Der Scheißzug hatte auf offener Strecke einen Schaden am Triebwerk. Einfach stehen geblieben. Zwischen Frankfurt und Köln. Und das hat gedauert und gedauert, bis wir da endlich wegkamen. Natürlich dann späteren Anschluss, Beine in den Bauch.

Ich muss mich beeilen, sagt sie, soll sofort zum Treffpunkt kommen. Was? Heute? Freitags? Ja – und sie glaubt, die sind sauer. Die wollten mich schon um sechsdreißig sehen! Schon um halb sieben. Warum denn? Was ist denn bei denen los? Hat der

Maskenmann morgen keine Zeit oder braucht er das Geld so dringend, oder was?

Und ich hatte mich so auf Véronique gefreut! Endlich da und gleich weiter. Hat kein Wort über meine neue Frisur verloren. Als wären die ihr die ganze Zeit auf der Pelle gelegen. Wo ist er, wo bleibt er, avanti, avanti! Mich einfach so rumzuhetzen, die glauben wohl, die können alles machen mit mir. Lauf, hat sie gesagt, ich soll mich beeilen, bis nachher. Winke winke! Und bin noch nicht mal angekommen. Lauf ich halt, dann ist das wieder erledigt.

So, da wäre ich. Die Treppen hoch. Bin ganz außer Puste.

Vogel, na endlich! Sie müssen sich hundertprozentig auf mich verlassen können, sonst ist es aus mit der Zusammenarbeit! Was kann ich denn für die Bahn? Bin doch nicht für deren Verspätung verantwortlich. Und ihr wollt doch, dass ich mit dem Zug komme. Dann soll ich einen früheren nehmen, bellt er. Jetzt aber mal halblang. Muss ich wirklich in aller Herrgottsfrühe aufstehen und tausendmal umsteigen? Was bringt das denn? Und ich habe das Geld ja bei mir. Ist doch alles in Ordnung. Sonst haben wir uns immer erst am Samstag getroffen. Kann ich ahnen, dass es diesmal schon der Freitagabend sein soll? Wann wir uns treffen, muss ich schon ihm überlassen. Sie machen es mir bequem und ich habe ihnen dafür jederzeit zur Verfügung zu stehen. Ich muss doch ohnehin kaum was tun, sagt er. Ja, schon, ich meine ja nur, was kann ich denn dafür. Sagt, er hofft, dass die Bahn nächstes Mal pünktlich ist! Und jetzt das Geld bitte. Ja, alles da. Hier, bitte. Und lässt sich wieder nicht aus der Ruhe bringen. Zählt einen Schein nach dem anderen, ganz gemächlich. Am Ende ist er Beamter! Gut, nickt er, dann bis nächste Woche. Ich kann gehen.

Machen einen Stress. Als hätte ich mich nicht an die Abmachung gehalten. Gut. Ich bin immer am Freitag angereist. Aber sehen wollten sie mich immer erst samstags. Was soll das?

Wenigstens bin ich das Geld schon los, habe ich meine Ruhe mit Véronique. Und jetzt nichts wie zu ihr und ins Bett! War die Hölle, als wir da stundenlang auf freier Strecke standen. Musste immer an sie denken, wie sie vor mir steht, nackt. Und die ganze Zeit Angst gehabt, sie ist nicht mehr da, wenn ich komme.

Das Gefühl, es wird heißer, jedes Mal, jede Woche. Als wären sie mir schon auf der Spur. Als stoppten sie einen ICE, nur um mich festzunehmen. Scheißdreck. Was mache ich denn? Ich trage Geld von da nach dort. Haschst du mich, dann bin ich fort. Es ist nicht leicht zu leben. Aber es macht Spaß. Und Véronique ist spitze. Anders geht es gar nicht mehr. Nur so. Nur so. So will ich leben. Fort, zusammen mit ihr und Kinder. Ja, vielleicht sogar Kinder. Warum nicht. Wer hält uns, wer gibt uns Befehle? Nur das Geld, nur das Geld. Aber ich habe schon viel, und noch mehr, wenn ich so weitermache. Später machen wir eine Kneipe auf, oder was tun wir? Ich schreibe für ein Insel-Magazin und bin der große Zampano. Zampano? Heißt das so? Egal. Immer diese Wörter. Die gerade in Mode sind. Ganz egal. Hauptsache man lebt. Lebt gut. Das geht ja nicht ewig so weiter. Das hört ja mal auf. Kinder? Warum nicht!

Steht mir, die neue Frisur, findet sie und sie mag meinen Nacken. Ich mag alles an ihr. Nach dem Sex trinken wir Gueuze. Nach dem Sex holen wir Fritten. Nach dem Sex machen wir Sex.

Ich bin hier zu Hause. Irgendwie. Aber wir sind auf der Durchreise. Hier bleiben wir nicht. Wann ihre Freundin wiederkommt? Kann hier tun und lassen, was ich will. Solange ich das Geld abliefere. Scheiß Triebwerkschaden! Ich will nicht mehr nach München. Kann ich das Geld nicht auch hier holen? Und was macht sie werktags? Na was schon, ich weiß es!

Die Nacht vorbei. Das Frühstück vorbei. Die Tage mit ihr vergehen zu schnell. Komm, Véronique, ich will mit dir einkaufen, wir suchen was Schönes für dich aus. Sie lacht, fragt, an was ich denke. Ja, an was denke ich? Ein schönes Abendkleid und etwas darunter, komm. Also gut, sagt sie, aber ich muss vor den Läden warten. Vor den Läden? Warum denn, Véronique? Sagt, dass es sonst keine Überraschung mehr ist. Und für drunter hat sie ihre geheimen Adressen, da darf ich nicht mit. Ach komm, Véronique. Nein, da geht sie alleine.

Setzt mich in ein Café und winkt und sagt, es kann schon dauern. Aber es lohnt sich. Blättere ich hier die Magazine durch und schau, was mir gefällt, gefallen würde an ihr.

Die Sachen hat sie gleich anbehalten. In den Tüten die Kleidung von heute Morgen. Du siehst super aus. Komm, gehen wir was essen, die Zeitschriften hier kenne ich längst auswendig. Das Kommen und Gehen der Gäste, einen Kaffee, einen Toast. Und ich sitze und sitze, bis ich mit der Bedienung auf Du bin. Aber das lange Warten war es wert.

Satt, das war gut. Muscheln und Weißwein. Feiner Weißwein, feine Muscheln. Mal was anderes und ganz ohne Fritten. Danach eine Scheibe gegrilltes Fleisch. Etwas Süßes für sie und Kaffee. Was sie an Frauen mag und an Männern. Wenn sie sich selbstbewusst bewegen, wie freie Tiere. Keine Schleicher, die nicht wissen wohin, als hätten sie immer ein Paar Hände und Beine zu viel. Jetzt ziehe ich sie mal mit, nehme sie an der Hand und weiß den Weg, weiß wohin. Ihre herrlichen Hüften, angehoben von den hohen Absätzen. Erst denkt sie, ich will durch den Tunnel, hinüber und an den St.-Anna-Strand. Véronique, das machen wir auch mal. Nachts ficken im Sand. Zu kalt jetzt. Hier, links hoch, die Treppe, jetzt weiß sie. Die langgezogene Brücke hinein. Designte Kühle. Hier kommt ihr Abendkleid richtig zur Geltung. Mattschwarz, oben eng anliegend, unten ausladend. Der weiße Schal über den Schultern. Oberhalb der Bar ein Rondell wie ein gelandetes Ufo. Man kann oben sitzen, aber bleiben wir unten, da ist mehr Platz und der Blick besser. Einen schönen Tisch für uns. Der Ober zuvorkommend, dass er sich beinahe überschlägt. Und bekommt seine Augen nicht von ihr. Mach dich vom Acker und bring schnell das Bestellte. Die Lichter auf der anderen Seite des Flusses. Und hinter uns der Turm der Lieben Frau. Über der Schelde. Ich freue mich so auf nachher. Alle Blicke auf ihr. Sie ist der Mittelpunkt hier und sie ist bei mir. Gin Tonic, Campari Soda, Long Drinks haben wir noch nie zusammen getrunken, jeder Tag mit ihr ist ein erstes Mal. Ihr neues Kleid von mir. Gib mir die Rechnungen. Sie lacht, die gibt sie mir nicht, ich will ja nur sehen, welche tollen Läden das sind, wo sie einkauft, aber was es gekostet hat, sagt sie mir. Das zahle ich und die Drinks hier auch, ich bin gleich zurück.

Barkeeper, jetzt komm endlich, ich zahle gleich hier an der Theke. Ja, natürlich zusammen, und bring mir die beste Flasche Champagner, die da ist, ich nehme sie mit. Auf die Straße? Verkaufen sie nicht. Es geht aber nicht anders. Fünfzig Euro Trinkgeld über den Tresen. Ja, für dich! Überzeugen ihn. Den besten? Ja, habe ich doch gesagt. Nein, der Preis spielt keine Rolle. Cristal. Ja, sehr schön. Habe ich noch nie getrunken, aber wird Zeit. Wie sie dasitzt. Die Beine übereinander, den Oberkörper zurückgelehnt. Sie fühlt sich überall wohl, ist nirgends fehl am Platz, und es ist, als gebe sie Licht ab. Ein bisschen wie Lorenz, der beflügelt seine Umgebung auch immer. Und auch, ohne sich dabei in Szene zu setzen. Einfach durch sein Dasein. Véronique, gehen wir, schau, der ist für daheim. Und was sie wohl drunter hat?

Die Antwerpener Nacht. Samstagnacht. Immer intensiv und schon leicht melancholisch, weil Sonntag Früh schon der Zug geht. Ein Ziehen in der Brust. Ein leichter Druck oder Schwindel. Sie an mir spüren. Es lange hinauszögern, weil ich dann schlafe.

Feine Spitze, alles ein Hauch. Aus Mechelen, sagt sie, viel besser als Brüsseler. Jetzt der Champagner. Durchsichtige Flasche, edles Zeug. Runter mit dem Drahtkäfig und der Kapsel. Schräg halten, ich lasse ihn knallen. Wump, an die Wand. Schnell! Ihr Mund fängt den Schaum. Wir trinken aus der Flasche. Sie aus der Flasche, ich aus ihrem Mund. Ihre Brust mit der Spitze, das fasst sich so wahnsinnig gut an. Ihre Hände an mir und ich halte ihr den Champagner. Einen ganzen Mund voll. Jetzt nimmt sie meinen Penis hinein. Wie das prickelt. Und ihre Zunge so kühl.

Antwerpen–München, und wieder der schreckliche Montag. Der Montag, der so weit von ihr entfernt liegt. Und viel zu früh aufgewacht, die Muschel in die Hand. Licht durch den Vorhang. Unter die Dusche. Einen Kaffee. Ich fühle mich einsam. Wie neulich samstags, als ich alleine ins Museum bin, als ich nur gewartet habe, dass die Zeit vergeht. Als ich dachte, sie ist woanders. Dauernd nur sie gesehen und dabei ewig auf die ganzen Körper von Rubens gestarrt. Und Cranachs wunderschöne Eva, ihr versonnener Blick, ihre Pupillen, Unendlichkeit, ewiges Leben. Ich gehe ins Museum – ja, das mach ich, ich gehe in die Alte Pinakothek, zu Rubens und Bosch, Bilder ansehen, dass der Tag, dass die Woche vergeht.

Aus der U-Bahn hinauf. Die leuchtende Kirche. Universität. Die alten Wege. Ich gehe sie nur noch wie auf Besuch. Alles schon Nostalgie, Véronique.

Kaum was los? – Geschlossen ... Montag ist Ruhetag. Hätte ich aber auch wissen können! Lassen mich nicht zu den Bildern. Der Montag bleibt totzuschlagen. Gehe ich zu Fuß heim, kleiner Spaziergang. Bank-Zwischenstopp. Wenn ich jeden Tag gehe, wird es nicht so viel. Und immer gleich das Nächste anmelden, der Kassierer kennt mich schon.

Müde daheim. Und allein. Mir fallen fast die Augen zu. Das Konto gemolken. Die Juweliere zahlen ganz munter. Die Computer-Tag nach wie vor nicht. Bekommt jetzt eine böse Mail! So geht es nicht weiter! Ich will mein Geld, sonst schicke ich meinen Anwalt. Drohen kann ich ja einfach mal. Viel ist es zwar nicht, verglichen mit dem, was ich momentan so verdiene, aber eben das Kleinvieh. Klar nehme ich das auch mit. Ich schenke denen doch nichts! Véronique und ich können es brauchen. Geld ist gerade en masse da, aber es soll ja auch reichen. Also her mit der Kohle, aber plötzlich. Und eine Geschichte über diesen Spam-Betrug und die Kuriersache schreibe ich keine. Bin ja nicht blöd. Für die paar Kröten alles verraten. Eine Mail von Lorenz. Vernissage in Amsterdam am Donnerstag. Der kommt ja auch rum. Kurier in Sachen Kunst. Habe ihn lange nicht gesehen. Keine Kunst heißt seine Ausstellung. Amsterdam. Jahre her, dass ich dort war. Aber ich will nur noch nach Antwerpen.

Computer-Tag. Re: Offene Rechnung. Na toll, die soll ich ihnen noch mal mailen. Die ist verschütt. Sie hatten Probleme mit Trojanern im System, da ist einiges verloren gegangen – aber jetzt ist wieder alles o.k., bitte nicht böse sein. Na super. Dilettanten! Computer-Magazin und haben Sicherheitsprobleme. Trojaner! Sind die in Antwerpen vielleicht so an mein Rechnungsformular gekommen? Trojaner, diese Idioten. Andererseits hätte ich sie sonst nie getroffen! Durch Spam und Trojaner zum Glück.

Endlich wieder mal ausgeschlafen. Bin ich gestern echt schon um sechs ins Bett? K.o. bis zum Umfallen. Das Zugfahren dauernd, der viele Sex. Da war ein Erholungsschlaf nur vernünftig. Jetzt raus, zur Bank. Und dann schaue ich bei Christine vorbei, meine alte Streberin besuchen. Hat sich gar nicht gemeldet? Wo ist denn mein Handy. – War noch aus, kein Wunder, dass es so wohltuend still war. Neunundzwanzignullsieben die PIN, komm schon, aufgewacht, fahr hoch. Überall diese Scheißcomputer. Piep piep, da kommen die Piepmatzen schon angeflogen, eine SMS nach der anderen. Hat sich nicht gemeldet, von wegen, achtmal angerufen und zwei SMS, wo ich bin, sie sorgt sich. Keine Sorge, ich komm ja schon, muss nur noch kurz zur Bank, ein Stapelchen Geldscheine holen.

Die Bank wie immer, aber Christine so eigenartig. Freut sich gar nicht, und ich hocke auf dem Sofa und sie nicht neben mir, sondern ganz verkrampft auf dem Stuhl. Christine, was ist denn? Wo ich diese Woche hinmuss, will sie wissen. Noch nicht ganz sicher. Wahrscheinlich nach Hamburg. Soso, noch nicht sicher. Sagen wir also Hamburg. Wie meinst du das? Schaut mich an und fragt, und die Woche drauf? Und die danach? Woher soll ich das wissen. Ich soll ihr doch mal die ganzen Artikel zeigen, die ich für die Computer-Tag geschrieben habe, in letzter Zeit. Christine, die sind doch langweilig. Mein Name steht da sowieso nicht drunter. Natürlich nicht. Wie meinst du das? Scheiße, sie weiß was. Ich soll mich doch selbst belügen, sagt sie. Was soll das, Christine? Wo ich hingefahren bin, die ganzen Wochen, will sie wissen. Aber das weißt du doch! Klar weiß sie es, sagt sie, und ich soll es endlich sagen, was ich am Wochenende so mache – jedes Wochenende. Ich hocke auf langweiligen Kongressen. Mit wem ich dort Händchen halte, für wen ich verliebter Gockel spiele? Christine, was soll das? Hör endlich auf, sagt sie, ich soll sie nicht für blöd verkaufen. Sie hat angerufen in der Computer-Tag. Mich den ganzen Tag nicht erreicht und da dachte sie, ich bin vielleicht in der Redaktion. Oder, dass die mich jetzt auch noch am Montag wo hingeschickt haben und ihr sagen können, wo ich bin. Sieht mich an. Aber haben mich schon wochenlang nicht gesehen, haben sie gesagt. Christine ... Sagt, sie hofft, ich habe es mir wenigstens gut gehen lassen. Wie sie aussieht? Steht sie mir jederzeit zur Verfügung? Viel Spaß! Christine, hör auf. Hör auf, hör auf, sie hört überhaupt nicht auf! Warum ich ihr das antue? Belüge sie, betrüge sie. Gerade jetzt. Wo es so gut war mit uns. Christine, aber – Nichts aber. Ich soll wenigstens jetzt die Wahrheit sagen. Das bisschen Mumm bin ich ihr schuldig. Christine, es tut mir leid. Sie will mein Mitleid nicht, sie will wissen, wo ich hinfahre. Wo fahre ich hin, was jetzt ... also gut, nach Frankfurt. Nach Frankfurt? Ja. Ich habe mich verliebt. Hier in München. Aber sie wohnt in Frankfurt. Aber das heißt nicht, dass ich dich nicht genauso mag. Ob sie das verdient hat, dass ich ihr wochenlang was vorspiele. Nein, aber ich konnte dir das doch jetzt nicht sagen. Mitten in deinen Prüfungen. Mitten in ihren Prüfungen, ach, was bin ich verständnisvoll, was bin ich für ein Arschloch! Sagt, sie will mich nicht mehr sehen. Christine. Nie mehr, ich soll doch nach Frankfurt ziehen, bitte, ich blöder Idiot, ich Idiot, ich blöder, ich soll abhauen. Christine, bitte! Ich soll endlich verschwinden, für immer!

Keiner weiß mehr. Keiner weiß mehr. Ach scheiße, Christine. Frankfurt. Ja, da steige ich um, gelegentlich. Ich kann dich doch nicht mit hineinziehen. Ich wollte nicht, dass du das vor deinem Doktor erfährst. Aber jetzt ist es raus. Jetzt ist es raus. Irgendwann musste es raus. Véronique, mich hält nichts mehr. Wir können gehen. Wann immer du willst. Ich habe hier alles klar gemacht. Véronique. Lass uns schauen, dass wir bald fort können. Dass wir bald anfangen, so zu leben, wie es besser ist. Besser für uns. Du bist doch keine Nutte. Auf Dauer. Und ich kein Schmuggler. Du willst da doch auch raus. Ich muss denen sagen, dass ich bald aufhöre. Sollen sie sich jemand anderen suchen. Ich will da raus, bevor das Finanzamt kommt. Einfach weg. Das muss doch gehen, irgendwie. Die Welt ist doch groß. Ciao Christine. Mach's gut. Du findest jemanden. Jemanden, der dich verdient, den du verdienst. Auf Wiedersehen Frau Doktor jur. Verzeihe mir. Klage mich nicht an. Sprich mich frei, irgendwann. Dann, wenn du auch weißt, dass es so besser war. München macht mich müde. Die Stadt ist ein einziger Geldautomat. Eine Bank. Eine Mailbox. Hier bekomme ich Bares und Spam. Meine Wohnung voller verbrauchter Stunden. Leergetrunkene Flaschen. Zurückgelassene Frauen. Westwärts. In den Zug steigen und nicht wiederkommen. Alles hier lassen. So wie es ist. Ein Erinnerungsbild. Eine Ansichtskarte. Ein Leben, das man sich nicht ausgesucht hat. Véronique, du musst auch weg aus Antwerpen. Wir müssen beide woandershin. Diese Städte machen mich müde. Ich lege mich jetzt erst mal hin. Atem schöpfen. Aufladen. Die Zeit vergehen lassen, bis die bessere kommt. Mir tun die Leisten weh. Das ganze Gerenne auf Asphalt. Straßenzüge, kein Ausblick. Lieber an den Strand. Blick aufs Meer. Die Weite des Himmels. Véronique, ich träume. Aber das wird wahr. So wahr mir Gott helfe.

Und die Mails vom Computer. Wenn es doch das letzte Mal wäre! Die letzte Spam, die letzten Löschbewegungen. Ist immer dasselbe. Wusste schon Nietzsche. Und fahre mit dem Mauszeiger über den Bildschirm. Fahre am Bildschirmrand entlang. Alle vier Seiten. Und immer bleibt eine kleine Spitze davon zu sehen. Eingesperrt. Kommt nicht raus, die Maus. Immer im Kreis. Und nach Antwerpen. Und zurück nach München. Und in die Bank hinein und aus der Bank heraus. Alles Ersatz. Ersatzbewegungen. Fickersatz. Will bei ihr sein. Nur an uns denken. Nicht an das Geld und die Diamanten. Nicht an Christine. Und an nichts sonst. Höchstens an eine Insel für uns. Und Christine schreibe ich eine Karte. Dass es mir leidtut. Aber dass es sein musste. Dass ich raus musste. Raus aus diesem Leben. So wie Lorenz. Der schafft das auch irgendwie. Aber der ist dafür in seiner Kunstproduktion gefangen.

In seiner Kunstwelt. Seinen Ausstellungen. Läuft darin herum wie mein Mauszeiger und kann sich höchstens immer weiter an die Ränder begeben. Nein, Lorenz lebt schon irgendwie. Anders als die meisten. Und ich will mich noch weiter entfernen. Was habe ich denn zu schaffen, mit alldem hier? Ich will mich nur noch um die echten Wiederholungen kümmern. Um Sex und Kinder und gutes Essen.

Ein Bier aus dem Kühlschrank. Vergeh schon, Tag, damit der nächste kommt.

Jeden Morgen die Müllabfuhr, Regierungsviertel, St.-Anna-Straße. In Antwerpen wäre sie am Strand. Davon ist hier nichts zu sehen. Hier nur Beamte und Akten ... Ich hole mir Brezen und esse sie im Gehen. Museum, zweiter Versuch!

Die U-Bahn. Der Weg von vorgestern. Antiquariate, Studenten. Germanistik, Geschichte. Die alte Bäckerei gibt's nicht mehr. Der gute Metzger ist längst weg. Bald nur noch Modegeschäfte. Schaufenstercafés.

Das langgezogene Museum aus einer anderen Zeit. Die große Wiese davor, und drinnen all die Gemälde des Königs. Gibt keinen mehr! Heute ist die Tür offen. Bin der Einzige an der Kasse, nichts los. Die Treppe hoch ...

Ich und die Bilder. Fragment eines Jüngsten Gerichts. Nicht von Bosch, vermuten sie jetzt, sondern nach ihm. Egal, mir gefällt es. Bruegels Schlaraffenland. Das Schwein läuft mit Messer im eigenen Speck rum, das halb ausgelöffelte Ei geht auf zwei Füßen. Feister, vollgefressener Schlaf. Albrecht Altdorfer. Gewimmel und Überblick, ein Wahnsinn. Ein Bild wie aus Herr der Ringe.

Rubens, endlich. Der Rubenssaal in München symmetrisch gehängt und noch größere Formate. Die Hölle hat ihm Spaß gemacht. Das große Jüngste Gericht, das kleine Jüngste Gericht. Das apokalyptische Weib. Der Höllensturz der Verdammten. Der Engelssturz. Daher kommt das ganze Fantasy-Zeugs. Ich mach's wie in Antwerpen, ich hole mir danach ein Bier! Nilpferdjagd. Hochzeitsbild: Rubens und Isabella Brant in der Geißblattlaube. Das sollten wir sein. Die vielen kleinen Kabinette mit unzähligen Kleinformaten. Wer kann die alle sehen? Wann fiel der letzte wirkliche Blick auf sie? Ein Bier im Café. Der Tag wird vergehen.

Noch in die Bank. Und aus der Bank raus. Das Geld in die Taschen. Fließt weiter, fließt gut. Und ich bin es ja gar nicht mehr anders gewohnt, als Zigtausend mit mir rumzutragen.

Scheine abzählen und ins Druckerpapierfach. Passt bald nichts mehr rein. Nicht, dass ich da mal aus Versehen was ausdrucke, auf der Kohle. Schade, dass es keine Tausender mehr gibt. Bräuchten weniger Platz. Fünfhunderter, Zweihunderter, Hunderter. Zukunft. Bald mehr, als in meiner Bank liegt. So schnell, wie ich das Geld hole, können die es kaum ranschaffen. Was die wohl sagen würden, wenn ich morgen reingehe und eine Million anmelde?

Dann müsste ich wieder zum Berater und mir eine neue Geschichte ausdenken. Ich bin da an was ganz Großem dran. Ein Gursky vom Flohmarkt. Aber der Besitzer weiß Bescheid und will eine Million. Eine Million? Nicht zu viel für zehn Quadratmeter Gursky. Und ist ja auch viel drauf. Ach so, würde er sagen, na dann, dann macht er da einen Vermerk. Und sich bedanken, dass ich so offen mit ihm gesprochen habe. Und ich brauche dann einen größeren Drucker. Eine ganze Druckerei. So viel Geld in der Wohnung. Sorry, Christine, das konnte ich dir nicht erzählen. Du hast damit nichts zu tun. Du sollst das nicht wissen.

Wieder die Mails. Ein fortdauernder Kampf, ein Ungeziefer, das man nicht loswird. Die Dulle Griet, die Alexanderschlacht, der heilige Antonius. Heute würden sie wahrscheinlich auch nur gegen die andrängende Spam kämpfen oder darob wahnsinnig werden. Lorenz' Mail. Richtig. Was hält mich denn? Ich fahre hin. Mal sehen, was er wieder anstellt. Passt genau. Donnerstagabend. Donnerstag nach Amsterdam, Freitag weiter zu Véronique. Mal sehen. Was sagt der Fahrplan? – Das ist ja angenehm. Kurz vor zehn ab und um halb sechs schon in Amsterdam. Lasse die Bank mal einen Tag sausen, muss ich der Maske ja nicht auf die Nase binden. Einmal umsteigen. Wo sonst als in Frankfurt. Lorenz wird schauen. Ja, so mache ich es. Fahre einfach hin. Schreibe ihm nicht. So ist die Überraschung größer.

Morgenbeamte. Mittagsbeamte, Nachmittagsbeamte. Am Abend nicht viel. Ausgestorben. Einsam. Ihre Muschel. Und sie war doch traurig? Sie möchte doch auch fort. Aber wohin? Was gibt es für Inseln? Mal sehen. Wikipedia. Unzählige! Bahamas, Fidschi, Haiti, Jamaika, Kanaren, Kap Verde mit seinen Inseln über und unter dem Wind, Malediven, Mallorca, Mauritius. Morgen vergeht schnell, nur im Zug und dann Lorenz, die Warterei ist geschafft. La Réunion, Samoa, Seychellen, Trinidad und Tobago. Eine in einem Meer oder Binnengewässer liegende, auch bei Flut über den Wasserspiegel hinausragende Landmasse, die vollständig von Wasser umgeben ist, aber nicht als Kontinent gilt. Nur noch einmal schlafen jetzt. Wie früher, vor Weihnachten. Noch dreimal schlafen, noch zweimal schlafen, einmal noch, und dann – die Geschenke!

Derselbe Zug, mit dem ich immer zu ihr fahre. Zumindest bis Frankfurt. Der Schaffner kennt mich schon. Meine Hausstrecke. Und dann nach Amsterdam. Bin gespannt auf Lorenz. Der wird Augen machen. Lange nicht gesehen. Trotzdem würde ich lieber gleich zu ihr. Véronique. Dich anfassen. Noch eine Nacht warten. Eine lange Nacht. Mich hält nichts mehr. Alle Verbindungen kappen. München war o.k., aber jetzt ist es genug. Jetzt woandershin. Antwerpen liegt doch am Hafen. Lassen wir es hinter uns. Ade, St.-Anna-Straße, ade, St.-Anna-Strand. Hinaus und vorbei am Atomkraftwerk und weiter ins Meer, anderswohin, wo das Leben auf uns wartet. Das Leben auf uns wartet. So ein Kitsch. Wo uns jedenfalls niemand mehr vorschreibt, wie lange, wie oft und wann wir uns sehen. Immer will ich bei dir sein. Verstehe John Lennon erst jetzt. Und fand das doch früher so albern, so schrecklich, dass er und seine Yoko immer und überall zusammen ... nicht mehr zwei Menschen, sondern ein Paar. Ja, gerne. Bitte einen Kaffee! Tut gut jetzt. Diesig draußen. Dieses müde Wetter. Hängt mir auch zum Hals raus. In Antwerpen ist es ja schön. Wenn es regnet und wir in dem kleinen Appartement sind und es überhaupt keinen Grund gibt, hinauszugehen. Freue mich auf das Gueuze! Auf ihre Lippen. Nur das Zugfahren geht mir allmählich auf den Senkel. Die Taschen voller Geld. Muss ich drauf aufpassen in Amsterdam. Das wär's noch. Wenn es mir dort geklaut wird. Über sechzigtausend. Ganz schön viel, was ich so auf den Flohmarkt trage. – Manche Juweliere kaufen öfter. Erst vorsichtig und dann mehr. Mumbay Diamonds nicht. Die tauchen erst einmal auf, in den Auszügen. Mumbay Diamonds. Das klingt wirklich wie Spam. Wie diese Diktatorenwitwen-Mails. Flehen einen an, das Geld außer Landes zu schaffen. Über das eigene Konto. Und ich mache ja nichts anderes. Nur, dass ich Geld aus meinem Land rausschaffe. Und nichts dafür zahle. Bei den Witwenmails kommt dann ja die Aufforderung, für irgendwelche Dokumente, Anwälte,

Transfergebühren erst mal ein paar Tausender vorzuschießen, anders gehe es nicht. Mumbay Diamonds. Völlig abgefahren. Dass ich da wirklich nach Antwerpen bin. Schicksal. Das musste so sein. Hätte Véronique nie kennengelernt. Glaube nicht, dass man ähnliches Glück hat, wenn man auf die Witwenmails hereinfällt. Mumbay Diamonds. Etwas Besseres hätte mir doch gar nicht passieren können. Jetzt muss es nur weitergehen. Jetzt müssen wir das hinter uns lassen. Die Diamanten und die Geldträgerei und die Prostitution. Die brauchen wir doch jetzt nicht mehr.

Der Kaffee nützt auch nichts gegen die Müdigkeit. Wie wäre es mit einem anderen Wetter? Andauernd dieser Dampf draußen, diese wolkige Feuchtigkeit. Würde gerne dösen, aber nicht, dass ich das Umsteigen verpasse. Frankfurt. Ein einziger Bahnsteig. Eine Drehscheibe. Eine Kreuzung. Ich bin jede Woche zweimal dort und kenne nicht mehr als Sandwichstände und Zeitschriftenbuden. Und natürlich den Blick auf die Banken. Wie Geschlechtertürme protzen sie ihre Potenz in den Himmel. Vielleicht war da ja schon mal das Geld, das ich jetzt mit mir rumtrage. Oder wurde zumindest dort gebucht. Mit Barem haben die ja nicht mehr viel am Hut. Alles nur Datensätze. Geldspam.

Frankfurt vorbei. Neuer Zug. Jetzt ein bisschen schlafen. In drei Stunden bin ich da. Amsterdam und all die Kanäle.

Pünktlich. Gerade mal halb sechs. Ob ich noch was essen gehe. Aber vielleicht gibt es ja auf der Vernissage etwas. Und wenn nicht, gehen die sicher noch wohin, danach. Fängt um sieben an. Brauche aber nicht gleich dort zu sein. Ist die Überraschung größer, wenn ich da einfach so reinspaziere. Bin schon gespannt, was Lorenz wieder eingefallen ist. Der macht auch einfach, was er will. Lässt sich nichts vormachen, sich nicht drangsalieren. Wird bestimmt ein guter Abend. Also erst mal nur ein Brötchen. Oder was gibt es da vorne? Pommes? Auch gut. Also Pommes. Wahnsinn. Ist ja wie China hier. Tausendfach Fahrräder. Parkgaragen für Fahrräder. Die Ausstellung muss gleich ums Eck sein. Kann ich noch ein wenig in die Stadt gehen vorher. Dope kaufen. Für sechzigtausend. Haha. Nein, lieber ein Bier trinken. So ein Amstelwasser. Nein. Da warte ich noch. Gibt noch genug heute Abend. Aber die Pommes machen Durst. Stinklangweilig in der Fußgängerzone. Und eng. Enger als München, enger als Antwerpen. Ein Rad müsste man haben. An den Kanälen entlanggondeln, rauf und runter über die Brücken und weg von dieser Tourimeile. Das sind doch keine Coffeeshops hier. Das ist doch armselig. Mit all den Alienmasken und dem Glitterzeug. Aber rauchen will ich ohnehin nicht. Schon lange nicht mehr. Dieses süßliche Zeug, das die Zeit so langsam macht. Tapst man dann durch die Gegend und schon das Pinkelngehen ist eine kleine Weltreise. Lieber Gueuze. Morgen wieder, bei ihr. Würde am liebsten gleich hinfahren. Wie sie mir die Türe öffnet. Bin jedes Mal wieder überrascht von ihrer Schönheit, von ihren Bewegungen. Aber die Nacht hier geht sicher schnell rum. Ist immer kurzweilig mit Lorenz.

Keine Kunst? Jede Menge Leute. Sind die immer so pünktlich hier? Noch nicht mal acht Uhr. Tritt man sich ja die Füße in die Hacken. Aber nichts zu sehen. Wo ist er denn? Und keinerlei Installationen, an der Wand keine Bilder. Bin ich hier richtig? Draußen stand es doch. Lorenz Steg, Keine Kunst. Aber Bier gibt es, und Wein auch. Halten alle ihre Flaschen und Gläser. Ach, da vorne geht es noch ums Eck, da ist dann sicher die Ausstellung? Na also, da ist er. Lorenz, grüß dich. Dreht sich um, stutzt. Überraschung gelungen. Thomas!, sagt er, und was ich denn hier tue? Na was! Ich schaue mir deine Ausstellung an. Das ist ja toll. Aber ich bin doch nicht extra deshalb gekommen?, fragt er. Doch, schon, aber ich sehe nichts? Klar sehe ich nichts, ich soll mir ja die Leute anschauen. Wie sie schlendern und stehen bleiben, welche Formationen sie bilden, wie sie sich gegenseitig begaffen. Ja und? Nichts und! Das ist es. Du stellst nichts aus? Doch, das ist es, lacht er, das ist die Ausstellung. Er stellt die Vernissage aus, die Vernissage ohne Kunst. Witzbold. Nicht nur ein Scherz. Das ist es doch, was auf Vernissagen passiert. Was da an der Wand rumhängt, ist doch für die meisten nur Alibi, sich zu betrinken, mit Leuten ins Gespräch zu kommen und abzulästern. Jetzt macht er mich erst mal bekannt. Lieke – Thomas. Hi Thomas. Hallo. Thomas ist ein Freund aus München. Hat viel mit Computern zu tun und schreibt darüber. Das stimmt doch, oder? So lala. Das war mal, bin Kurier und nur auf der Durchreise. Trage mein Geld immer bei mir. Aber ich sage denen doch nichts! Véronique geht die nichts an! Lieke wohnt auch in dem Antikraak-Haus, in dem sie ihn hier untergebracht haben, sagt er. Antikraak? Erklärt er mir später. Jetzt soll ich mir erst mal ein Bier holen. Und warnt mich, schmeckt scheußlich, zumindest, wenn man das Münchner gewohnt ist.

Schmeckt scheußlich ... Umso besser schmeckt es mir morgen. Das Gueuze steht sicher schon in Véroniques Kühlschrank. Lieke. Scheint ganz nett zu sein. Ein bisschen pummelig. Und das Deutsch mit dem Akzent der Holländer. Muss ich immer an Strandräder denken und Dünen, an lange Röcke, rote Zöpfe. – Schmeckt wirklich nicht. Vielleicht nachher besser auf Wein umsteigen. Er stellt die Vernissage aus und jetzt ist er schon wieder umlagert. Sehe ich mich mal um. Haha, betrachte die Wände. Kann ja so tun, als schaue ich ganz konzentriert ein Bild an, obwohl keines da ist. Lieke steht jetzt auch allein rum. Da kommt sie schon.

Hi Thomas. Hi Lieke. Direkt aus München? Ja. Flugzeug, Auto, Zug? Zug. Und ob ich keine Kunst mache? Nein, noch nicht. Was denn? Schreibe über Computerzeug und so. Für eine Zeitschrift. Nur ein

Brotjob. Auf deine Gesundheit! Zum Wohl. Mit dem Dreckszeug. Das erste Mal in Amsterdam? Nein, aber schon lange her. Und wie lange ich bleibe? Nur bis morgen. Bis morgen? Bleibt ja nicht viel Zeit. Leider, ja. Viel Zeit für was? Wo ich schlafe? Die flaschelt mich aber aus. Weiß noch nicht. Ich kann bei ihnen bleiben, sagt sie, wenn ich will, und versucht mir in die Augen zu sehen. Bei euch? Aber sorry, das Geflirte kann sie sich sparen. Ja, Antikraak. Lorenz wohnt da auch, und ein paar andere. Ist genug Platz. Antikraak? Ja. Wenn in Amsterdam ein Haus länger als ein Jahr leer steht, darf es ganz legal besetzt werden. Das passiert auch sofort. Und die Besetzer bekommen sogar Wasser und Strom und keiner bringt sie je wieder raus, wenn sie nicht freiwillig gehen. Nicht schlecht! Das gäb's bei uns in Bavaria nicht. Da wäre gleich die Polizei da und würde alle mitnehmen. Ja, ist super bei uns. Das nennt man kraaken. Wie Tintenfische? Und das habt ihr auch gemacht? Nein, leider nicht. Genau andersrum. Andersrum? Damit die nicht vermieteten Häuser nicht besetzt werden, gibt es Immobilienfirmen, die sie kurzfristig ganz billig vermieten. Zwei, drei Mieter für ein riesiges Objekt reichen. Dann darf es niemand besetzen. Antikraak heißt das. Und warum seid ihr nicht zu den Kraakern? Nicht so einfach. Die sind gut organisiert und freie Häuser sind natürlich begehrt. Sie hat schnell etwas gebraucht, als sie herkam. Und jetzt ist sie schon seit zwei Jahren am Molenwerf. Antikraak. Genau. Auf der

Seite der Bösen also, leider. Ist dafür ganz billig. Allerdings muss man jederzeit damit rechnen, kurzfristig raus zu müssen. Alle Wochen geht ein Makler mit Interessenten rum. Und dann? So schnell vermieten sie es hoffentlich nicht. Und wenn, dann bekommt man von den Maklern meistens wieder was Neues. Und wie kommt Lorenz dazu? Sie hat ihn eingeladen, hier zu arbeiten. Hat im Web Arbeiten von ihm gesehen, ist dann mal nach München, hat ihn in seinem Atelier besucht und fand es total super. Na klar, das kann ich mir denken. Aber die Ausstellung hier ist leider schon fast sein Abschied. Ob ich es nicht auch super finde? Doch, doch, passt, schöne Räume! Nicht wahr, strahlt sie mich an, tolle Räume. Sie haben hier diesen Off-Space, um Ausstellungen zu machen. Große Sprünge können sie sich nicht leisten, aber die eingeladenen Künstler können umsonst wohnen. – Sanne, hoi, schön, dass du da bist, ruft sie. Das ist Thomas, ein Freund von Lorenz. Extra aus München gekommen. Hoi Thomas. Hi Sanne. Sanne ist auch Kuratorin, sie hat das zusammen mit ihr aus der Taufe gehoben. Da drüben ist Lorenz.

Abgang Sanne, Abgang Lieke. Und lassen mich stehen wie ’nen vergessnen Regenschirm … Ganz schöne Quasselstrippen. Hol ich mir halt noch ein Bier, keine Kunst! Kuratorinnen. Und Lorenz gibt ihnen weiße Wände. Sanne sieht gut aus. Lange nicht wie Véronique, aber gut. Wie sie sich alle um den Künstler scharen. Dabei stellt er gar nichts aus.

Lorenz ist schon ein Hund. Hat es raus, irgendwie. Kurier in Sachen Kunst. Transportiert nur seine Ideen. Dafür nie Geld in der Tasche und keine Véronique, aber Frauen bestimmt jede Menge.

Thomas? Ich stehe hier so alleine rum, ob ich mit rauskomme? Er muss mal kurz an die Luft. Gerne, Lorenz. Moment, er holt uns noch zwei Bier. Lorenz trinkt alles. Der kennt da nichts. Oder er hat sich schon daran gewöhnt.

Nicht schlecht die Aussicht, oder? Ja, hier lässt es sich aushalten, Prost Lorenz. Prost Thomas. Findet es gut, dass ich da bin. Der Einzige aus München. Na klar. Die anderen Nasen labern ja immer nur. Aber bewegen tut sich niemand. Ob ich länger bleibe? Nein, muss morgen leider schon weiter. Kann bei ihm pennen. Danke Lorenz, das hat Lieke schon vorgeschlagen, wäre prima. Lohnt sich auch, sagt er, wirklich wild dort, wo sie wohnen. Ein hässliches ehemaliges Verlagshaus. Zigtausend Quadratmeter und nur circa zehn Mieter. Ich weiß schon, Antikraak! Er sieht, ich bin im Bilde. Klar, bin ich, dank Lieke, aber hier bei dir gibt es ja nicht viel zu sehen. Ach, warum soll man die Räume immer mit irgendwas vollstellen. Vielleicht beschäftigen sich die Beflissenen so viel intensiver mit der Ausstellung. Na ja, weiß nicht? Dass er damit ja nur meint, dass es aufs Gleiche hinausläuft, sagt er. Man nimmt sich ein Bier, trinkt, unterhält sich. Und hier muss man nicht mehr verklemmt so tun, als beschäftige man sich auch ein bisschen mit den Exponaten.

Dafür haben Lieke und Sanne das Geld für einen kleinen Katalog aufgetrieben. Es gibt einen Katalog? Und was ist da drin? Leer! Ein Notizbuch! Ich kann einen haben, kleines Geschenk. Aber? Ist das nicht ein bisschen wenig? Ich meine, wenn man gar nichts von dir sieht? Und verkaufen kannst du doch so auch nichts. Ach was, meint er, damit wird er mehr in Erinnerung bleiben als mit dem meisten anderen. Und wer unbedingt was von ihm kaufen will, bitte. Er hat ja. Nur halt nicht hier zu sehen. Und Museen verkauft er gerne auch diese Installation, falls sie einen eigenen Raum dafür frei machen. Ein leerer Raum und davor ein Schild: Lorenz Steg, Keine Kunst? Ja, genau so, sagt er, wäre doch nicht schlecht? Na ja, keine Kunst eben! Ich habe es begriffen, sagt er. Na klar hab ich.

Gehen wir wieder rein, meint er und ob ich gemerkt habe, Lieke starrt mich schon die ganze Zeit an. Ist richtig vernarrt in mich, behauptet er. Na klar! Sanne wäre schon eher mein Fall. Und noch mehr Véronique! Morgen schon! Mein Schwanz in ihrem Mund. Wenn du wüsstest, Lorenz, aber nicht mal dir werde ich was erzählen. Sanne ist ziemlich begehrt, Thomas! Du solltest Véronique erst sehen, Lorenz. Egal, gehen wir rein. Nachher feiern wir bei ihm weiter. Leert sich schon hier. Bist du zufrieden, Lorenz? Passt schon. Sogar Presse war hier, mal sehen, was für einen Stuss die wieder zusammenschreiben. Und Amsterdam? So zum Leben, meine ich. Ganz gut. Aber in ein, zwei Wochen ist er wieder weg, sagt er. War zwei Monate hier. Reicht schon. Noch ein Bier? Lieber Wein. Wein ist aus. Also, wenn es sein muss, ein Bier!

Ich glaub's nicht. Wirklich auf dem Rad mitgefahren. Gepäckträgerritt. Und noch dazu hinter Liekes Arsch. Tour de force! Egal, geschafft. Sie sperrt ihr Rad ab. Lorenz wartet schon. So! Alles hier rein. Ein Gang, leere Räume, Glastrennwände. Shining. Und überall Neonlicht. Dunkle Ecken. Ist ja riesig! Ja, ist es. Hier in den Aufzug. Man erschrickt jedes Mal, wenn man jemandem begegnet.

Gänge um Ecken, offene Räume. Ich muss dringend.

Da sind wir, hereinspaziert. Bloß ein Vorhang, keine Tür. Aber wärmer. Nicht diese Leere. Schuhpaare, Papier an der Wand. Lorenz' kleines Reich. Meine Tasche kann ich gleich hier ablegen und da hinten auf der Isomatte dann schlafen, sagt er. Das Klo? Nur immer den Gang entlang, dann gleich nach der Biegung rechts. Die Jacke behalte ich an, das ganze Geld lasse ich hier nicht rumliegen.

Erst mal pinkeln. Komisch hier. Firmentoilette. Einen Plastikkasten mit Dusche reingestellt. Und überall das Licht an. Hoffentlich hat Lorenz hier besseres Bier. Oder Wein. Oder Schnaps, wenn es sein soll. Mal mit Sanne anstoßen. Ist nicht schlecht. Aber Lieke nervt ein bisschen. So eine mit feststehendem Grinsen im Gesicht. Als wären die Mundwinkel nach oben genäht. Ob das Lorenz' Parfum ist? Live Jazz. Mal probieren. Haben schon Musik gemacht drüben. Dann schauen wir mal, ob neben Sanne noch ein Plätzchen frei ist. Wird das Warten auf Véronique erträglicher. Wenn ich an dich denke, steht er mir schon. Und nichts mehr doppelt. Ach, Christine. Frau Doktor. Ich bin geheilt. Hoffentlich geht es dir auch gut. Véronique, deine Zunge, deine Beine. Morgen schlecke ich das Gueuze von deinem Busen oder aus deinem Spalt. Jetzt raus hier, weg von dem Spiegel, ich sehe o.k. aus. Raus, zu den anderen, sonst hole ich mir ja gleich hier einen runter.

Alle auf dem Boden und Lieke hat mir einen Platz neben sich frei gehalten. Lieke, wer sonst. Ist Sanne schon weg? Ja, die ist gerade ins Bett. Ist müde, hat sie gesagt. Na super. Dann nicht. Hast du ein Bier für mich, Lorenz! Voilà. Nicht so schlimm wie das in der Galerie, aber auch nicht viel besser. Seit wann trinkst du Pils? Na, wenn es hier nur so eine Plörre gibt! Aber gut kalt ist es schon o.k. – Prost! Ja Prost, und Prost auch an Sanne! Schlaf gut! Ganz gemütlich hier! Kleines Küchenidyll in deinem Shining-Haus. Ja, das trifft es, sagt er, aber kann mir leider kein Dreirad anbieten. Und deine Arbeit für die Ausstellung passt ja. Was du heute kannst besorgen ... Klar! Er hat ja auch die Wände immer wieder geweißelt. Grundiert und grundiert. Gründe für die Kunst, unterbricht ihn Lieke. Misch dich nicht ein, penetrante Radlertante! Und alle trinken sich müde. Reden holländisch, englisch oder was weiß ich was alles. Künstler, Kuratoren, Gaffer, habe gar keine Lust, jemanden kennenzulernen, mir deren Spam anzuhören. Die ganzen winzigen Plänchen und windigen Vorhaben. Ich weiß wenigstens, was ich tue, und endlich auch, was ich will. Dachte, es gibt noch was zu essen. Nehme ich halt die Chips. Werde ich irgendwann auch satt davon, und es kommt mir aus allen Poren. Glutamat ist doch auch Spam. Irgendwie müde und irgendwie gar nicht. Lorenz lebt hier auch im Provisorium. Eigentlich gut, so was. Wenn man nicht alles mit sich herumschleppt. Den ganzen Ballast nicht dabeihat. So wie ich. Nur die bequeme Reisetasche und das bisschen Geld. Viel Geld in der Jacke! Mehr braucht es nicht. Macht alles nur unfrei. Ich könnte einfach so weggehen. Alles stehen und liegen lassen. Das Papierfach würde ich vorher noch leeren, aber sonst. – Lieke steht auf. Geht einfach? Bestimmt nur aufs Klo. Und dreht sich noch mal um und zwinkert mir zu, als plane sie mit mir eine Verschwörung. Und Lorenz hantiert an seiner winzigen Spüle. Gläser. Und jetzt eine Flasche. Wusste doch, dass noch Schnaps kommt. Die anderen schütteln den Kopf, winken ab. Luschen. Gerne Lorenz. Hock dich her.

Ob ich eigentlich weiß, dass ich der Einzige von seinen Freunden und Bekannten bin, der gekommen ist? Der den Weg nach Amsterdam zu seiner Ausstellung gefunden hat? Darauf trinken wir einen, sagt er. Runter damit. Sehr gut! Und haut ganz schön rein, auf die Chips. Ja, der ist wirklich gut. Jenever. Sagt, nicht mal sein Galerist war da. Obwohl der Holländer ist! Und Niklas? Ihr seid doch viel zusammen unterwegs. Niklas? Den hat er seit Wochen nicht gesehen. Hat keine Ahnung, wo der steckt. Macht sich fast Sorgen. Niklas ist ziemlich fertig, seit er arbeitslos ist. Ist immer eigenartiger geworden, sagt er. Wenn ich mir das so überlege. Habe an sich auch kaum mehr Freunde. Weißt du, Lorenz, ich glaube, mir reicht es mit München. Ich glaube, ich gehe weg. Wirklich? Wohin. Weiß noch nicht. Aber in München hält mich nichts mehr. Und Christine? Ach, das ist vorbei. Hat nicht gehalten. Dass es ihm leidtut. Braucht dir nicht leidtun. Ist schon o.k. Wie gesagt. Ich gehe weg. Na dann soll ich die Ohren steif halten. Und mich bei ihm melden. Nicht, dass ich noch so ein Vermisster werde, von dem man nicht weiß, wo er steckt. Mache ich, Lorenz. Na mal sehen. Eher nicht. Alles neu mit Véronique. Kein Ballast, keine Fäden zurück.

Gib mir noch einen von dem Jenever. Ja, trinken wir noch einen. Die Flasche wird nicht mehr alt. Hat ihm ein Kollege aus Antwerpen mitgebracht, sagt er. Antwerpen! Super Stadt, bist du da auch mal hin, Lorenz? Klar. Ist ja nicht weit von hier. Rubens! Antwerpen ist Rubens, Amsterdam Rembrandt. Und Van Gogh natürlich. Da rennen sie alle hin. Er kann's nicht mehr sehen. Zwingt dich ja niemand. Klar doch! Aber er pilgert in alle Museen, andauernd, sagt er, also auch ins Van Gogh. Dass man da ganz gut sieht, wie der gekämpft hat mit der Malerei. Wie schwer das alles war. So großartig ist er nämlich nicht. Aber es leuchtet halt und die Farbe ist schön dick draufgeschmiert. Und weil es jeder sehen muss, kann er es nicht mehr sehen. Zu großer Ruhm macht jedes Kunstwerk tot! Man wird einfach resistent, da ist dann nichts Eindrückliches mehr. Bei deinen weißen Räumen kann einem das ja nicht so schnell passieren, Lorenz. Erinnert eher an eine Wohnungsbesichtigung, wo man sich die eigene künftige Einrichtung dazu vorstellt. Wohnungsbesichtigung, nicht schlecht, sagt er, und natürlich geht es in seiner Ausstellung genau um diesen Kunst-Rummel. Vielleicht sollte man berühmte Bilder wieder wegschließen, nirgends zeigen und auch keine Abbildungen zulassen. Geht natürlich nicht, wäre aber ganz spannend. In den Museen? Ja genau. Die Museen ausleeren. Prost Lorenz. Auf die leere Kunst. Prost – steht auf, stellt den Schnaps weg – und ich soll ihn nicht dauernd verarschen! Nie. Kommt mir nicht in den Sinn.

Ja, kümmere dich mal wieder um deine Holländer. Die fressen dir aus der Hand. Lieke zurück vom Pisspot. Und natürlich gleich wieder neben mir. Langt nach dem Bier. Ja gut, Prost Lieke. Bist schon in Ordnung. Véronique gibt es nur einmal, zum Glück. Habe nichts gegen dich. Weiß auch nicht, woher die schlechte Laune. Habe mir alles anders vorgestellt hier, obwohl es doch passt. Lorenz bewegt sich wie immer. Vom einen zum anderen – und aus allem und allen holt er was raus und macht etwas draus. Die Künstler. Immer und andauernd am Ändern der Welt. Aber eben anders als all die Wirtschafts- und Wissenschaftswichtigtuer, denen es nur darum geht, sich immer besser einzurichten und die Welt für sich zu vereinnahmen. Die richtigen Künstler ändern alles andauernd, damit man sich nicht einrichtet, nicht gewöhnt, nicht sicher ist. Ist das Liekes Hand auf meinem Bein? Sehe ich das richtig? Streichelt mich und streicht rauf bis ganz oben, innen am Schenkel. Ja, da ist mein Schwanz und wenn du so weitermachst, wird er noch größer.

Sie will, dass ihr Lorenz einen Schnaps gibt, und sagt, er soll mir auch gleich noch einen einschenken. Oder? Ich will doch einen? Lorenz' fragender Blick. Ja Lorenz, warum nicht, noch einer! Einer mit Lieke. Ich nehme mich seines Jenevers ja ganz gut an, sagt er, aber keine Angst, bekommt man kein Schädelweh von, ist gutes Zeug. Was anderes habe ich auch nicht von dir erwartet, Lorenz! Und Liekes Hand ist auch nicht so schlecht. Die geht ja ran. Irgendwie muss ich es ausstrahlen. Seit Véronique wollen mich alle. Sogar Christine ist gleich mit mir ins Bett. Die Frau Doktor. Ach, Christine, ich wollte das nicht, bleiben wir Freunde, bitte verstehe mich. Und die Holländer mir gegenüber tun so, als unterhielten sie sich über Kunst, aber spannen doch dauernd rüber und wollen es wissen. Nur Lorenz scheint es egal zu sein. Schenkt jedem ein und ist ganz klar der Maestro. Nicht aufhören, Lieke. Warum nimmst du die Hand weg?

Aufstehen! Sie zeigt mir mal die Anlage, sagt sie, ist schön unheimlich nachts. Gute Idee, die Führung mache ich gerne mit. Entziehen wir uns den Blicken. Wo ist mein Bier? Das nehme ich mit. Beine ausschütteln. Gar nicht leicht aufzustehen, mit so einem Ständer. Und Lieke hat doch eine schöne Figur, was hatte ich vorher denn? Sind gleich zurück, Lorenz, heb mir noch ein Bier auf. Wir sollen uns nicht verlaufen, ruft er, Lieke ist eine Sirene, Thomas. Liekes Zunge für Lorenz – ja, streck sie ihm raus. Die anderen tuscheln. Sind die denn noch in der Pubertät? Um den Gang rum. Ist aber dunkel! Liekes Hand zieht mich. – Wohin? Hier in den Aufzug? Uns im Spiegel sehen. Lachen. Abwärts. Nur leere Räume. Grauer Teppich, abgelebt. Ihren Hintern vor mir. Und noch eine Tür, die sie öffnet. Hier rein?

Kantine und Küche. Noch alles da, sagt sie. Großes Messer. Reicht, eine Sau abzustechen. Riesenherd. Ausgabetheke. Alles verlassen und tot. Wie für Gespenster. Nicht so schnell.

Und hier, Drehkreuze, da war früher der Haupteingang. Die ganzen Überwachungsbildschirme sind alle noch an. Das gibt's ja nicht. Und die Lichter hier unten, die brennen dauernd? Tag und Nacht. Sogar in der Tiefgarage, obwohl da nur unsere paar Räder stehen. Passen Hunderte Autos rein. Alles immer beleuchtet. Nur damit auch ja keiner auf die

Idee kommt, das Haus zu kraaken. Man kommt sich wirklich vor wie ein Einbrecher. Da, ich sehe dich, Lieke. Oben links. Hier rein. Da haben wir unsere Ruhe. Und keine Kamera? Keine Kamera!

Oh Gott. Wie spät? Mittag. Das ganze Bier noch im Kopf. Raus, unter die Dusche. Was tun denn die Oberschenkel innen so weh? Das kommt doch nicht vom – nein, das war das Gepäckträgerfahren. Hinten drauf bei Lieke und die ganze Zeit die Beine anziehen. War ein gutes Stück bis hierher. Weiß schon gar nicht mehr richtig, wie das ging, nur, dass alle dauernd gelacht haben. Durch so einen Park durch und bergauf. Ein Wunder, dass ich keine blauen Flecken an den Eiern hab. Hat mich heimgefahren wie ihre Beute. Ein Schluck Wasser. Wird man schon trinken können hier. Ach, geht ja, habe schon schlechter ausgesehen, das verfliegt noch, bis ich bei ihr bin. Gepennt bis mittags. Lorenz ist schon in der Küche. Sitzt da, als wäre nichts gewesen. Morgen. Morgen. Was liest du? Leonardo. Der Vögel Flug. Niklas hat mich da draufgebracht. Und, war es gut gestern? Ich habe doch, oder?, will er wissen. Oh Gott. Ja. Völlig besoffen. Lieke bekommt, was sie will. Lorenz weiß auch nicht, wie sie das macht, aber sie schafft es irgendwie immer, sagt er. Und dich auch? Das hätte sie gerne. War manchmal ganz schön penetrant, aber bislang musste er sie enttäuschen, sie hat ihn noch nicht rumgekriegt. Na ja. Egal. Ist jedenfalls ganz schön rangegangen.

Ich hatte das wirklich nicht vor. Tja. Und ob ich jetzt wieder fahre? Ja. Habe leider viel zu lange geschlafen. Hätte lieber noch ein bisschen was von Amsterdam gesehen. Hast gesagt, der Schnaps macht keinen Schädel. Der Jenever nicht. Aber das Bier. Will ich nicht noch ein, zwei Nächte bleiben? Nein, geht nicht. Hab einen Termin. Termin mit Véronique, schöner geht's nicht! Ich bin echt nur wegen seiner Ausstellung gekommen?, fragt er noch mal. Klar. Hätte ich freilich gewusst, dass es sich um leere Wände handelt. Hast du noch Kaffee für mich? Klar. Und ich kann auch noch ein Spiegelei haben, wenn ich will. Supergerne. Und dann hau ich langsam ab. Muss mich auch kurz noch von Lieke und Sanne verabschieden. Da bin ich etwas spät, fürchtet er, die sind beide schon aus dem Haus. Schon weg? Ja. Rennen jeden Morgen in so eine Kuratorenschule. Deswegen sind sie ja hier. Die wollen hoch hinaus. Und schleppen mich dann bei jeder deiner künftigen Ausstellungen ab? Leider nur Lieke. Kunststück. So kann es gehen.

Hier gibt es doch auch jede Menge Nutten? Klar, geh ins De Wallen, da stehen sie hinter jedem zweiten Fenster. Warst du schon mal bei einer? Nein, danke. Da fehlt ihm die Lust zu und auch die Kohle. Aber ist die erfolgreichste Ausstellung in Amsterdam, meint er. Und die Kuratoren heißen dort Zuhälter. Hier, Kaffee. Danke. Bin noch bisschen durch den Wind. Muss fit werden für Véronique. Ach scheiße. Mit Lieke. Hat mir das Kondom übergezogen und dann sofort auf mich. Kurzes Vergnügen, hat sie gesagt, als es vorbei war. Und mir das verknotete Kondom abgenommen. Hängt sie es sich ins Zimmer, oder was?

Warum ich frage? Was? Was frage ich? Na, wegen der Nutten. Ob ich Bedarf habe? Ich? Nein wirklich nicht. Bin gut versorgt. Und mit Christine ist wirklich Schluss? Kannst sie ja anrufen. – Aber das mit Lieke wollte ich nicht, tut mir leid. Warum, bei ihm muss ich mich nicht entschuldigen, sagt er, ist nicht seine Sache, ihm ist das wurscht, wir sind erwachsen. Auf dem Papier, ja. Aber erwachsen. Fühlst du dich erwachsen, Lorenz? Vermeide es, wo es geht, Goethe hat angeblich noch im hohen Alter mit seiner fortwährenden Pubertät angegeben. Keiner weiß mehr. Wie ich das meine, fragt er. Weiß nicht, nur so. Und schleppe das Buch immer noch mit mir rum. Nur, weil mir der Titel gefällt?

Einen Tag und eine Nacht in Amsterdam und gesehen eine Ausstellung mit nichts und geschlafen mit einer Frau, die mir nicht gefällt. Verrückt. Ich bin doch verrückt. Véronique, ich komme. Tut mir leid. Mit Christine, das war ja kein Betrug. Aber das jetzt, das war gar nichts. Das muss dich nicht stören. Du hast ja auch andere und die bedeuten dir nichts. Das hört auf. Wenn wir weg sind. Dann ficken wir nur noch mit uns. Oh Gott, Lieke. Das gibt es doch nicht. Und hat mich doch auch nur, weil sie eigentlich Lorenz will. Sie bekommt, was sie will, hat

Lorenz gesagt. Armer Lorenz, wenn das stimmt. Halte noch zwei Wochen durch! Ob er mit Sanne hat? Die hätte ich noch lieber. Aber neben Véronique, wer hat da schon Chancen. Mit allen Wassern gewaschen. Mit Gueuze! Ich freue mich so auf ihre kleine Wohnung, ihr schönes Bett, die Dusche, den Kühlschrank, die Kneipen und sogar auf die Pommes! Véronique, heute komme ich ein paar Stunden früher. Mehr Zeit, eine Vorschau, ein Ausblick auf später. Und verdiene schon wieder gute sechstausend Euro! Mal sehen, wie lange es noch fließt, das Geld, unsere Zukunft. Keiner weiß mehr. Oder mal nach Italien mit ihr. Nach Rom. Picknick am Tiber. Mozzarella und Speck. Dahin, wo es warm ist. Aber ob das ihrem wunderbaren Teint guttut? Ich freue mich so aufs Ficken.

Ratta ratta, bald fahre ich nur noch Bahn. Ich will weg. Ich will weg. Mit Véronique. Das Hin und Her zwischen München und Antwerpen geht so nicht weiter. Das weiß ich jetzt. Jetzt, wo ich aus Amsterdam komme. Das reicht. Das geht ohnehin nicht mehr lange gut. Wie viel Geld habe ich? Ich muss mit ihr reden. Ob sie mit mir weg will. Sie muss! – An Rotterdam vorbei, da war der Schlagzeuger her, den ich fast verhauen hätte. Raus aus allem, mit ihr zusammen! Wir haben uns gefunden und jetzt sollten wir tun, was wir wollen. Wozu wir Lust haben. Lust habe ich! Und wie! Gleich bin ich da, gleich können wir.

Macht keiner auf. Sie ist nicht da? – Aber ich höre doch was, da ist doch wer? Ich läute noch mal. Nichts. Niemand. – Aber da stöhnt wer. Jemand ist bei ihr. Sie hat Kundschaft. Na toll. Dass ich das auch mal erlebe. Freue mich auf sie und sie hat gerade einen anderen Schwanz drinnen. Scheiße. – Und jetzt? Soll ich mich vielleicht auf die Treppe setzen? Oder so lange klopfen, bis sie doch aufmacht. Eine Szene machen? Den gehörnten Ehemann spielen? Das geht nicht. Am Ende schlage ich mich noch mit dem. Ich warte unten. Auf der Straße.

Sie ist eine Nutte, sie ist eine Nutte. Gab nie ein Geheimnis darum. Ich habe es gewusst. Nur wollte ich es nicht wahrhaben, die ganze Zeit. Und doch hat es mich aufgegeilt. Und habe immer so getan, als mache es mir nichts. Es macht mir nichts. Es macht mir nichts. Es ist o.k. Und ich werde weggehen mit ihr! Das wird aufhören.

Da! Das muss er sein. Älterer Herr. Graues, zurückgegeltes Haar. Anzug. Krawatte. Aktentasche. Neutraler Gesichtsausdruck. Verrät nichts darüber, ob er befriedigt ist oder nicht. Ob es ihm gefallen hat oder er nur seine Ladung losgeworden ist, den lästigen Druck. Jetzt schaut er auf die Uhr. Teure Uhr bestimmt. Rolex. Oder Jaeger-LeCoultre. Vacheron Constantin. Schaut auf die Uhr und überlegt, ob er seine Termine noch alle einhalten kann. Oder ob er seiner Frau eine Geschichte erzählen muss. – So, dann mal rauf.

Und sie ist noch im Bademantel. War schon unter der Dusche. Und duftet wie immer. Thomas! Sie ist überrascht. Ich schon? Und ob ich vorhin geklopft habe? Schön, dass ich da bin. Du hast es gerade getrieben mit dem? War's gut? Ich soll aufhören, und ich weiß doch ganz genau, womit sie ihr Geld verdient! Sonst hätten wir uns auch nie kennengelernt. Aber du hast doch gesagt, nicht in der Wohnung. Das ging gerade nicht anders, sagt sie, er hat sie gefickt, ja, wenn schon. Und natürlich mit Kondom. Ich dachte, bei uns wäre es etwas anderes. Ist es ja, und ich weiß es auch. Ich dachte, hierher käme außer mir niemand. Bitte, sagt sie, ich soll doch nicht eingeschnappt sein, sie überzieht das Bett neu. Lass das Bett jetzt. Ich will dich. Habe die ganze Fahrt nur daran gedacht. Ihre Hände an mir. Sagt, sie bläst mir einen. Und dann gehen wir aus – und dann, wenn wir zurückkommen, können wir ficken.

Gott, ich liebe sie. Wie sie mich besänftigt. So wunderbar, ich weiß nicht, was ich denke, nur geht es immer zu schnell. Und hat ihn sauber geleckt, schließt mir die Hose. Sie braucht jetzt einen Berg Fritten, meint sie. Ja, Véronique, Sex macht Hunger, wie war es denn vorhin? Ach, ich soll bitte nicht beleidigt sein, sie konnte ja nicht wissen, dass ich so früh komme. Sie hält sich unsere Zeit doch immer frei. Hast du viele Kunden? Bist du ganz ausgebucht unter der Woche? Thomas! Sagt, das geht mich nichts an. Zumindest muss sie nicht im Viertel arbeiten, wo alle sind. Muss sich nicht ins Schaufenster stellen. Schaufenster? Gibt es das auch in Antwerpen? Und dein Zuhälter? Ist der mit der Maske dein Zuhälter? Oder einer von seiner Bande? Thomas! Dauernd sagt sie Thomas, mit diesem Vorwurf. Ich soll nicht so viel fragen. Sie ist o.k., sagt sie, sie ist zufrieden. Sie wird nicht geschlagen, von niemandem, und nicht jeder kann sie kaufen. Das geht nur über Empfehlungen. Sagt, Prostituierte dürfen in Antwerpen nicht arbeiten, wo sie wollen, ob ich das weiß? Die sind weggesperrt in ihr Viertel, in ihre drei Straßen. Also bist du keine? Keine gewöhnliche zumindest. Und keine, von der man ein Inserat in irgendwelchen Kontaktbörsen findet. Und jetzt belassen wir es bitte dabei, sonst bekommt sie Ärger und ich auch. Sie will doch ein schönes Wochenende mit mir! Und der Typ? Der mit dem Anzug und dem Aktenkoffer? Hat der was mit den Diamanten zu tun? Thomas! Schon wieder! Sie weiß nichts davon. Sie will nichts davon wissen. Sie ist das Wochenende über für mich da. Ich weiß, ich bin ein Job für dich. Schaut mich an, ihre Augen, ich kann nicht …, sagt, ich bin der schönste Job, den sie je hatte, ich bin mehr als ein Job. Sagt, sie würde mit mir auch ihre Wochenenden verbringen, wenn es kein Geld dafür gäbe. – Und jetzt soll ich endlich damit aufhören! Umarmt mich, fährt mit der Hand durch mein Haar. Véronique, ich habe mich schon so daran gewöhnt. Hier anzukommen. Mit dir zu schlafen. Auszugehen. Gueuze zu trinken. Dir gegenüberzusitzen und in deine Augen zu schauen. Ich will nicht, dass das je endet. Sie doch auch nicht. Krault meinen Nacken. Ich will fort mit dir, irgendwo gemeinsam etwas ganz Neues anfangen. Wo wir frei sind. Und später vielleicht mal Kinder. Wir bräuchten viel Geld dafür, meint sie. Dass sie es nicht hat und ich auch nicht. Die letzten Wochen hatte ich ganz gute Einnahmen. Aber reicht es für ein neues Leben, fragt sie? Oder was will ich machen? Irgendwann geht es. Es muss einfach. Ich will es doch so stark.

Jetzt noch ein Bier, nach den Fritten, flüstert sie. Und dann zeigt sie mir ihre neuen Strapse, damit ich auf andere Gedanken komme. Soll guter Laune sein, bei ihr. Bin ich doch auch. Ich will ja nur öfter mit dir zusammen sein. Nicht immer nur das Wochenende. Ja, nicht immer nur das Wochenende! Heute ist heute und heute bin ich bei ihr. – Ich werde begeistert sein, verspricht sie. Du machst mich so an, Véronique, trinken wir das Bier, schnell!

Schon wieder Morgen. Was ich machen will heute? Was will ich machen? Ich bin zufrieden. In ihren Mund und dann mit ihr frühstücken, was für ein Tagesbeginn! An den St.-Anna-Strand gerne mal wieder mit dir. Nehmen uns Gueuze mit und ein Picknick, eine Decke. Schauen den Schiffen nach und hinaus, eine Ahnung des Hafens. Das Gefühl, dass alles anders wird. Fahren wir auch mit dem Schiff von hier ab und winken dann noch mal hierher, zu unserem Picknickplatz, wo du neben mir sitzt, deine Hand auf meiner Schulter, beide den Geschmack vom Bier auf unseren Zungen, den Sand auf der Haut, deine Haare in der Brise. Und du legst dich auf den Rücken, schließt deine Augen, und ich küsse dich, Véronique, ich küsse dich.

Machst du das schon immer? Oder vorher was anderes? Das brauche ich nicht zu wissen, sagt sie, das tut nichts zur Sache, das macht nichts. Véronique, wie alt bist du? Sie lacht, ich soll raten. Ich weiß nicht, ich kann es nicht, fünfundzwanzig? Sie lacht, aber sagt nichts. Véronique, ich weiß doch so gar nichts über dich. Aber dass das gut ist, sagt sie, wenn man nichts weiß, dass das gut ist. Und woher kannst du so gut deutsch? Du warst in Berlin, hast du gesagt, lange? Ein paar Jahre? Was hast du da gemacht? Hast du da schon? Pssst, sagt sie und drückt mir ihren Zeigefinger auf die Lippen. Ob es mir denn so nicht gefällt, wie es ist? Doch, Véronique, wie nichts sonst, aber ich will weggehen mit dir, nach ganz woanders, wo nur wir beide sind und sonst niemand, der uns sagt, was wir tun. Sie nickt und nimmt meine Hand und schiebt sie sich unter ihr Hemd auf ihren Busen. Gut liegt sie da, als hätte sie da immer schon hingehört. Véronique, du schönstes Rätsel.

Die Sonne weitergewandert. Haben wir geschlafen? Längere Schatten. Gehen wir. Adieu. Den Blick hinaus auf die Schelde, das Meer weiß man nur, hier sieht man es noch nicht. Adieu. Den langen

Weg zurück, zurück durch den Tunnel, bald fünf, das Geld zur Maske. Letzte Woche so einen Stress gemacht, und diesmal erst Samstag, Spätnachmittag. Véronique, gehe gleich mit, warte unten auf mich.

Ist das immer der Gleiche? Ja, schon. Die getragenen Bewegungen und die blauen Augen, das ist er. Nimm doch die Maske mal ab, damit ich dich sehe. Aber das wäre wohl keine gute Idee. Dann erledigen die mich, wenn sie mich als Kurier nicht mehr brauchen. Vogel, was machen die Geschäfte?, will er wissen und ich blättere ihm das Geld hin. Nicht schlecht, oder? Ein ordentlicher Haufen.

Zählt es wie immer, nickt und winkt mich hinaus. Dasselbe Spiel kommende Woche – und nicht vergessen, immer schön alles runter vom Konto. Bin ja nicht blöd. Blüht und gedeiht, mein kleiner Flohmarkthandel. Na also, den Bankdonnerstag hat er gar nicht vermisst. Aber von den Treppenstufen träume ich schon. Warum sind die sich so sicher, dass ich nicht mal die Polizei nachkommen lasse? Die wissen, dass das nicht geht, die wissen es, weil sie mir zu gut gefällt.

Véronique, gehen wir. Essen und Bier, dann zu dir und ins Bett. Morgen schon Sonntag und Zug, und was hast du dir ausgedacht für die Nacht?

Orgasmen. Und kaum daheim, singt mir die Spam wieder ihr Lied. Sirenen. Ich brauch mir die Ohren nicht mehr verbinden, falsche Versprechungen ködern mich nicht, ich hab die Erfüllung. Gesehen, gespürt! Und ich mag ihre Stimme.

Löschen, löschen, löschen, löschen – was ist das? Erlaubnisantrag – Permission request. Ein Bild mit gekreuzten Säbeln, die ein Dreieck ergeben. Ein Diamantsymbol? Und daneben eine Zigarre mit veraschter Spitze. Bonzige Zigarre. Geld verbrennen: Sehr geehrter Herr, baten wir um seine Erlaubnis zu ihm, durch e-mail die kommerzielle Darstellung zu schicken ihm unserer virtuellen Speicher. Wir verlangten reagieren Ost-e-mail im Ziel, wenn es von seinem Interesse ist. Wir verlangten unsere zu ihm aufrichtigere Entschuldigungen im gegenüberliegenden Fall. Zu seiner vollständigen Einteilung. – Zu seiner vollständigen Einteilung? Spam! Jetzt werde ich langsam schizoid. Spam, Spam, nichts als Spam. Nur Spam. Löschen. Weg damit. Spam. Das ist nichts. Nichts weiter. Nichts weiter als Spam. Diamanten. Pah! Von Diamanten verstehe ich ohnehin nichts. Von Spam wenigstens ein bisschen was. Zu seiner vollständigen Einteilung! So werden wir irgendwann alle noch vollständig gaga. Was würde passieren, wenn jeder alles glauben würde? Wie schnell wäre die Welt eine völlig andere und wie anders wäre sie? Wird ohnehin genug geglaubt. Nur glaubt jeder was anderes. Und viele dasselbe. Aber niemand alles? Ich glaube, ich hole mir noch ein Bier. Und mache den Computer aus. Aus die Maus, aus das Internet. Bin völlig überspannt. Véronique, hol mich runter. Véronique, ich denke an dich. Véronique, an dich glaube ich. An irgendwas muss man glauben! Ich glaube an dich. Und mein Schwanz auch. Und ich glaube, ich bin blau. Und das macht nichts, glaube ich! Ins Bett. In die Horizontale. Unter die Decke. Dahin, wo die Träume sind. Die Abende waren anders, als ich noch keinen Computer hatte. Die Abende waren anders, als es noch kein Internet gab. Sperma statt Spam!

Die Woche alleine. Keine Christine, die mich ablenkt vom Warten. Ob ich sie anrufen soll? Aber was soll ich ihr sagen? Elmar nichts geliehen, Lorenz noch in Amsterdam, und bei Lieke mein gefülltes Kondom mit einem Reisnagel an der Wand als Trophäe. Aber mit Christine bin ich auch Eva und Anke los, endlich. Von der Computer-Tag will ich niemanden sehen, ich bin hier solamente, ich will weg.

Glotzen und Pizza und Bier. Zur Bank und dann den Tag in der Wohnung. Die kündige ich bald. Das wird ein Act. Die ganzen Sachen? Verschiffe ich? Warte erst mal, bis wir wo angekommen sind? Und hole das dann nach und löse hier alles auf? Oder ich lasse alles zurück, kündige gar nichts, aber zahle auch nicht mehr. Verschollen, weg, anderswo. Hat Lorenz nicht erzählt, dass es mit Niklas so ist? Dass er weg ist und niemand weiß, wo? Das, was mir wichtig ist, in einen Koffer und einfach gehen. Suchen die einen dann? Nur, weil der Vermieter sagt, dass da kein Geld kommt? Und wie lange dauert es, bis sie die Wohnung aufbrechen und nachsehen, wie lange, bis sie sie leer räumen? Das wird dann wohl alles versteigert. Und ein Name mehr auf der Vermisstenliste. Da sucht doch keiner. Steht nur in einer Akte. Oder wird das abgefragt, wenn ich wo über die Grenze gehe und die mich kontrollieren? Haben das doch sicher in ihrem System. Also die Wohnung mal lassen und noch weiterzahlen, bis ich mehr weiß. Dann offiziell auswandern. Die zwei, drei Monate Miete habe ich auch noch. Und dafür später keinen Ärger. Das Finanzamt? Ach, unwahrscheinlich, dass ich von denen je was höre. Mache die Steuer ganz normal ohne die Diamanten und basta. L.m.a.A.!

Hätte gerne einen Diamanten für sie. Vielleicht sollte ich meinen Kontaktmann, die Maske, mal danach fragen, ob er was Gutes für mich weiß. Nicht so ein Ramsch, was Besonderes. Nur ein Stein, aber dafür einer, der Feuer hat. An einer ganz dünnen Kette. Genau so lang, dass er über ihrem Solarplexus hängt. Geborgen zwischen ihren Brüsten. Hänge ich ihr um den Hals und nehme ihre Hand und wir gehen fort. Und den Stein nehmen wir mit, als ewige Erinnerung an unseren Diamantenbeginn. An die Mumbay-Diamonds-Mail. An die Bank in der Jezusstraat. An unser erstes Mal. An die Fritten. An das Gueuze. An den St.-Anna-Strand. Und ihre Muschel kommt auch mit.

Eine Mail vom Bundeskriminalamt? Betreff: Ermittlungsverfahren. Scheiße, nein? Sehr geehrte

Damen und Herren, das Herunterladen von Filmen und Software ist illegal und wird mit bis zu fünf Jahren Freiheitsentzug bestraft. Ach, wenn es weiter nichts ist. Solange sie nicht schreiben, dass Zugfahrten nach Antwerpen mit Geld in der Tasche illegal sind. Ihre Daten wurden uns von Ihrem Provider zur Verfügung gestellt und eine Strafanzeige wurde erlassen. In dem angeführten Anhang finden Sie die Strafanzeige mit dem Aktenzeichen bla bla. Drucken Sie diese bitte aus und faxen Sie diese mit einer Stellungnahme an uns. Eine Kopie der Strafanzeige wird Ihnen in den nächsten Tagen schriftlich zugestellt. Na klar! Und eine Exe im Anhang. Das Pferd hole ich mir nicht auf den Rechner. Habe ja schließlich aufgepasst im Geschichtsunterricht. Und den eiligen Bescheid der Postbank habe ich schon hunderttausendmal bekommen! Meine Kundendaten soll ich aktualisieren. Zu schade, dass ich kein Kunde bin. Sehr geehrter Postbank-Spamer, ich beziehe mein Bargeld von einer anderen Bank. Bargeld in Mengen! Ich setze mich damit in den ICE und bringe es nach Antwerpen!

Eine schöne Rose für sie. Ich gehe so gerne vom Bahnhof zu ihr. So aufgeregt jedes Mal. Ankommen ist das Schönste, aber irgendwann bleibe ich hier, komme für immer. Die Treppe, die Tür, die Klingel.

Thomas! Véronique! Ich weiß noch nichts? Was weiß ich nicht? Ich kann wieder fahren. Wie? Wieder fahren? Die sind alle tot. Tot? Wer? Alle. Die, denen ich das Geld gebracht habe, sagt sie. Alle tot? Warum denn? Eine andere Bande hat sie überrascht. Schießerei. Alle tot. Dilettanten, sagt sie. Aber ich habe das Geld. Ich soll das Geld behalten. Und da kommt bestimmt noch etwas nach.

Natürlich, ich konnte das ja nicht wissen. Nein, sie ist froh, dass ich da bin. Natürlich hat sie an mich gedacht. Und umarmt mich, knöpft mir das Hemd auf.

Véronique. Ich habe das ganze Geld. Lass uns weggehen. Weg von hier. Wohin denn? Dorthin, wo uns niemand kennt. Auswandern. Auf eine Insel. Mallorca, Kanaren, Fidschi, gibt viele, Malediven, Bahamas, La Réunion, sicher irgendwo auch eine für uns. Eine Insel. Und ob ich glaube, die lassen uns da in Ruhe? Ich denke, sie sind alle tot? Ja, Dilettanten. Peng peng. Alle weg. Kommt alles in Ordnung. Du wirst sehen. Hauptsache, wir sind zusammen.

Véronique, ganz im Ernst, willst du? Mit mir fort? Sie küsst mich, nickt. Ja, sie will. Zusammen mit mir. Bist du hier sicher? Ihr tut niemand was. Sie hat nichts damit zu tun, sagt sie, das waren nur Kunden. Sagt, trotzdem besser, man sieht uns nicht mehr zusammen. Natürlich bleibe ich heute Nacht, aber morgen Früh soll ich lieber gleich den Zug nehmen. Ich hole das Geld, warte ab, was noch kommt, ein, höchstens zwei Wochen. Und wenn ich zurück bin, gehen wir weg, sagt sie, sie macht hier alles klar, sie will ja auch endlich fort. Ja, Véronique, du sagst es, dann gehen wir weg, ich kann es kaum erwarten. Hoffentlich kommt noch Geld, viel Geld, und viel habe ich ja schon zu Hause. Da werde ich als ein richtiger Goldesel wiederkommen. Sollte mir vielleicht einen Koffer besorgen, den ich mir mit Handschellen ans Handgelenk kette! Etwas nervös bin ich schon. Habe ja jetzt schon eine Menge dabei. Kann ich doch gleich hierlassen, schlägt sie vor. Bei ihr in der Wohnung ist es sicher. Sie hat ein gutes Versteck. Auch einen Drucker, Papierfach? Ein gutes Versteck finden ist nicht einfach. Aber sie hat ein gutes Versteck, sagt sie, ich kann das Geld hierlassen, wenn ich will. Dann muss ich nicht damit zurück und habe nicht alles bei mir, wenn ich wiederkomme. Das ist sicherer, und sie rührt es nicht an, es ist unseres, unsere Zukunft. Ja, Véronique, unsere Zukunft. Wir gehen von hier fort, irgendwohin, auf eine Insel vielleicht, und machen einen Laden auf, importieren Augustiner und Gueuze. Und machen jeden Tag Liebe, sagt sie. Ja, das denke ich auch! Anders geht es gar nicht, wenn ich dich sehe und um mich habe.

Schon morgen zurück, aber dann komm ich wieder und hab dich für immer. Nimm ihn in den Mund, ja, und das Geld tun wir in dein Versteck. Aber wenn ich zurück bin, verstecken wir uns nie wieder, wir fangen richtig an. Komm, leg dich vor mich aufs Bett, auf den Bauch, streck deinen Arsch hoch.

Kommt alles in Ordnung. Antwerpen–München, das letzte Mal. Bald zurück, München–Antwerpen, und dann weiter mit ihr. Kann es gar nicht erwarten. Kommt alles in Ordnung. Und wenn bei mir das Finanzamt anklopft – mal sehen. Vielleicht sollte ich mich doch selbst anzeigen. Aber das Geld ist weg. Alles nach Antwerpen gebracht. Mich haben sie ja erpresst. Gedroht, meine Freundin umzubringen, weshalb ich sogar mit ihr Schluss gemacht habe, um sie zu schützen. Auf eine Insel. Aber ob die das dann verfolgen? Ich habe kein Geld. Das Geld hat Véronique. Die können mich alle mal mit ihrem Gesetze-Spam, ihrem Vorschriften-Spam, ihrem ganzen Formularwesen. Und der in der Bank fand doch auch nichts weiter dabei. Wieso soll das Finanzamt dahinterkommen? Da haben sie viel zu tun. Ich mache ganz normal meine Steuer. Mit dem bisschen, was ich verdient habe, bei der Computer-Tag. Und wenn die dann irgendwann kommen, kann ich immer noch die Geschichte von der Erpressung auspacken. Und warum ich mich auf eine Insel verzogen habe? Weil sie mich da nicht finden. Weil ich meine Ruhe brauche. Weil ich fertig bin mit den Nerven. Ganz egal. Erst mal weg. Weg mit ihr. Mit dieser wunderbaren Frau. Uns genießen und uns freuen, dass das Schicksal uns zusammengeführt hat. Mails und Kontoauszüge uns zusammengeführt haben. So kann aus der größten Scheiße das größte Glück wachsen. Ich kann es gar nicht erwarten. Wieder mit ihr ficken. Sie zu sehen, wie sie ihn im Mund hat und ihre Zunge sich unter ihm herausschiebt. Ihre süße rote Zunge. Lang kann es nicht dauern. Die haben doch immer alle sofort gezahlt. Eine Woche oder zwei, dann hört der Geldfluss sicher auf. Ich warte noch ein paar Tage ab, räume das Konto leer, hole das Geld aus dem Drucker und fahre zu ihr. Wie soll ich das überstehen. Jeder Tag eine Ewigkeit. Und immer nur an sie denken. Hoffentlich kommt noch ein ordentlicher Betrag. Noch mal hunderttausend. Das wäre fein. Da kann man schon was damit machen. Sie soll ja ein gutes Leben haben. Die schönste Frau auf der Insel. Meine.

Endlich daheim. Müde. Leg mich gleich hin. Sag mal, habe ich gar nicht abgesperrt? Komisch. So, die Tasche in den Gang, erst mal aufs Klo. – Wer sind Sie denn? Was tun Sie in meiner Wohnung. Das gibt es doch nicht. Sitzt da seelenruhig in der Küche, die Beine übereinandergeschlagen, trinkt Kaffee. Thomas Vogel, sagt der einfach. Thomas Vogel, aber das bin doch ich! Er ist es! Ich soll mich setzen, sagt er. Wo das Geld ist? Das Geld? Nicht hier. Jetzt steht er auf, was macht er? Holt eine Tasse, stellt sie mir hin, schenkt mir Kaffee ein. Ich soll einen Schluck nehmen, sagt er, und ihm erzählen, wo ich das Geld habe. Scheiße! An den habe ich gar nicht gedacht. Der war hier, tingelt von Juwelier zu Juwelier, den haben sie nicht umgebracht. Der will das jetzt alles für sich. Halbe-halbe? Er grinst nur. Netter Versuch, aber ich soll ihm jetzt sagen, wo das Geld ist, und zwar auf der Stelle. Ob er sich deutlicher ausdrücken muss? Ich kann es im Guten haben, aber er kann auch anders. Es ist in Antwerpen. Ob ich es wirklich dort gelassen habe, ich Depp? Der soll mich doch lecken! Ja, ich habe es dort. Und das, was ich behalten durfte, mein Anteil, will er wissen, die zehn Prozent, wo sind die? – Ich soll jetzt was sagen, außer ich will wirklich, dass er die ganze Wohnung auf den Kopf stellt! Und zwar plötzlich! – Aah, scheiße, Mann. Ist ja gut. Au, verdammt heiß, scheiße. Schleudert mir einfach seinen Kaffee übers Hemd. Arschloch. Das Geld! Drüben im Drucker! Im Drucker? Ja, da wo das Papier ist. Mitgehen, sagt er, ihm voraus, ich muss es ihm zeigen. Das geht nicht, das ist meines. Das gehört mir und Véronique. Er darf es nicht haben. Sehr schön! Das ist alles? Ja, das ist alles. Kommt noch was, sagt er, kommt noch einiges. Auf das neue Konto. Aber dauert noch ein paar Tage. Das holen wir noch und dann fahren wir zu unserer Nutte nach Antwerpen und holen den Rest. Ach scheiße. Hätte ich doch mein Maul gehalten. Und dann schauen wir mal, ob sie gut ist, die Kleine, ob sie gut fickt. Dass ich ihnen zuschauen kann. Ich mache den fertig. Ich hau dem was drüber. Der macht uns die Zukunft nicht kaputt.

Ich soll es wieder reintun. Da ist es gut aufgehoben. Gutes Versteck. Ja, danke, und da hab ich jetzt was davon, oder? Ob ich Hunger habe, will er wissen. Ja, habe ich. Weil hier in der Wohnung ist nicht mehr viel, sagt er. Ob ich Nummern habe? Nummern? Call-a-Pizza! Ja, und mein Handy kann ich ihm auch gleich geben, ich brauch das nicht mehr.

Ob es mir schmeckt, will er wissen. Ja, geht schon. Und ist doch praktisch, kein Abwasch, sagt er, weil den müsste nämlich ich machen. Der Wichser – und trinkt Augustiner. Das darf der nicht.

Mein Bett ist ja breit genug für zwei, sagt er, gehen wir schlafen. Wie? Neben dir? Na klar, wo denn sonst, oder bevorzuge ich etwa den Boden? Und er warnt mich, er hat einen verdammt leichten Schlaf, dass ich bloß nicht auf dumme Ideen komme, ich würde es bereuen! Wenn ich aufstehe, nachts, müsste er mir die Beine brechen! Und die Wohnungstüre sperren wir jetzt mal schön ab. Den Schlüssel! Den behält er mal.

Wie bist du hier reingekommen? Na, er hat ja schließlich auch was gelernt, sagt er. Übrigens kein besonderes Schloss. Und zieht sich tatsächlich aus. Steht in Boxer-Shorts da. Na, was ist, will er wissen, und keine Angst, er ist nicht schwul, vernascht mich schon nicht – nur wenn ich nicht brav bin. Ich muss noch aufs Klo. Sagt, dann geh mal, und Türe offen lassen! Und ich soll nackt zurückkommen. Nackt? Ja, ganz nackt, damit er sieht, dass ich nichts Unschönes bei mir habe. Auch die Unterhose? Was ich denn für ein verschämtes Kerlchen bin? Arschloch! Behandelt mich wie ein Kind, aber mir fällt schon noch was ein, Véronique. Habe Durchfall.

Kein Wunder. Das träume ich doch nur. Der spinnt doch. Schläft neben mir im Bett und hat keine Angst, dass ich ihm was drüberhaue. Nackt, damit ich kein Messer bei mir habe, und er hat bestimmt den Schlüssel in seinen Shorts.

Jetzt wird geschlafen, sagt er – und bevor ich mir in die Hosen mache, soll ich ihn wecken, aber gerne hat er das nicht, ich werde ja wohl hoffentlich nicht so ein Pisser sein, sondern durchschlafen.

Liege neben dem und bin nicht gefesselt, nirgends hineingesperrt, kein Knebel im Mund. Und traue mich gerade deshalb nicht, mich zu bewegen. Der schläft tatsächlich. Seelenruhig. Nur leider nicht den Schlaf des Gerechten. Das gibt es doch nicht. Jetzt, wo alles so gut hätte klappen können. Wo alles so schön war. Und die Maske liegt unter der Erde. Ins Gras gebissen. Peng peng. Kaum zu glauben. Waren bestimmt nur kleine Fische. Haben sich eingemischt. Dachten, wo so viel Asche ist, gibt es auch für sie was zu holen. Wo gehobelt wird, da fallen Späne. Blutdiamanten. Jetzt gibt es noch ihn und mich. Thomas Vogel und Thomas Vogel. Ich sollte mir ein Messer aus der Küche holen. Aber der hat uns ja hier im Zimmer eingesperrt. Oder ist hier was Schweres, das ich ihm drüberziehen kann? Der weiß genau, dass ich das nicht fertigbringe. Einen Mord. Aber bewusstlos würde ja reichen. Wie stark muss man da hauen? Und wenn es danebengeht, macht er mich fertig oder ist tot. Und schaut mir gar nicht ähnlich. Als Thomas

Vogel wird der garantiert nicht begraben. Und ich lass mich auch nicht so schnell beerdigen, das sag ich dir! Mir fällt schon noch was ein. Scheiße. Der weiß genau, dass ich nicht schlafe. Ist morgen ganz frisch und ich bin völlig fertig. Ob er noch Diamanten dabeihat? Thomas Vogel. Dass ich den also tatsächlich noch zu Gesicht bekomme. Ohne Maske, in natura. Hockt ganz selbstverständlich in meiner Küche, als wohne er da. Und ich Idiot dachte, ich hätte nicht zugesperrt. Wartet einfach auf mich, macht sich nicht lange die Mühe, die Wohnung zu durchsuchen. Vielen Dank. Aber gut sieht er aus. Seriös irgendwie. Dem haben die Juweliere bestimmt alles abgenommen.

Guten Morgen, Herr Vogel, ausgeschlafen? – Wie? Ach. Oh Gott. Scheiße. Und grinst mich an, als sei ich sein Gast. Schon angezogen und in bester Laune. Aber das ist doch mein T-Shirt unter dem Anzug? Ach? Ja, er hat leider nicht viel dabei. Nur leichtes Gepäck. Stört mich doch hoffentlich nicht. Unterwäsche hat er gefunden. Bisschen eng für sein Teil, aber es geht schon. Soll dir abfaulen, du Arschloch. Mein Bett, meine Unterhosen und Socken, mein Name, geht's noch! Sagt, er hofft, dass ich nicht böse bin, dass er mit dem Frühstück schon begonnen hat. Aber auf so einen Langschläfer wie mich kann man ja nicht warten. Will wissen, ob das alles ist, was ich da habe. Magerer Kühlschrank. Du Arschloch. Und schenkt mir Kaffee ein. Heute können wir ohnehin nur warten, sagt er. Machen wir uns einen ruhigen Sonntag. Aber morgen kommt vielleicht schon wieder Geld. Ein Honigbrot. Bringe es kaum runter. Was mache ich, was mach ich nur?

Und jetzt soll ich ihm auch noch meinen Geldbeutel geben. Ja, so ist es gut, sagt er. Der bleibt bei ihm. Sagt, den bekomme ich nur, wenn wir ausgehen, also zur Bank! Was haben wir da? Ein paar Hundert Euro? Na, lebt sich gut von unserem Geld, oder? Hat meinen Pass in den Pfoten, den Führerschein. Ein Foto? Wer ist das? Meine kleine Freundin?, will er wissen. Christine! Das geht ihn nichts an! Dass ich die immer noch im Geldbeutel habe. Müssen seine dreckigen Augen sie auch noch betatschen. Das ist vorbei! Das war mal. Das war mal, so so. Und die kleine Nutte, die sie mir verschafft haben, ist mir wohl viel lieber! Der soll sein Maul halten. Und jetzt geht er seinen eigenen Geldbeutel durch. Hier, sagt er, ob ich das sehe? Seine Visitenkarten! Seine oder meine, ganz wie man's nimmt. Thomas Vogel, Direct Sales Germany. Nicht schlecht, oder? Das Logo drüber? Edle Firma. Ganz groß im internationalen Diamantengeschäft. Da gibt es dann keine Fragen mehr. Die kennt man. Haben alle geglaubt. Ihm schon, er ist ja nicht neu im Geschäft. Wollten alle sofort dabei sein. Ist doch toll. Ganz ohne Zwischenhandel. Meine Adresse. Schreibt ohnehin keiner. Gibt ja die Handy-Nummer, Anruf genügt, besser und schneller als Post. E-Mail? Nein, zu viel Spam, das tut er sich nicht an, sagt er immer, wenn ihn Kunden fragen. Und das Büro ist ja erst im Aufbau. Rufen Sie einfach an, rufen Sie an, er ist jederzeit erreichbar. Hier seine Karte. Aber die braucht er jetzt nicht mehr, alles raus aus seinem Geldbeutel, was mit mir zu tun hat, nicht, dass er irgendwann noch Schwierigkeiten bekommt, wegen seines Namens. Jetzt auf einmal wäre wieder nur ich Thomas Vogel. Du Arschloch. Und wie heißt du wirklich? Klar, dass ich ihn das gar nicht erst fragen muss. Wirft den ganzen Stapel Visitenkarten einfach hier auf den Boden und schiebt meinen Geldbeutel ein. Und nicht mal mit Spam muss er sich herumschlagen.

Schauen wir doch mal, ob vielleicht schon am Freitag noch was Schönes gekommen ist? Die netten Juweliere zahlen ja alle so brav pünktlich. Können es gar nicht erwarten, ihre Kröten auszuspucken. Ist ja klar, bei drei Prozent Skonto. Den Computer hoch und hinein in die Bank. Der Computer! Ich könnte eine Mail schreiben, wenn er mal scheißen geht. So, hier bitte, da ist der Auszug. Tatsächlich noch zwei Eingänge vom Freitag, die ersten auf dem Geschäftskonto. Er grinst. Reibt sich übertrieben die Hände, Triumph im Blick. Angeber! Morgen kommt noch was, sagt er. Und den Computer machen wir jetzt mal schön aus. So geht das. Arschloch, zieht einfach das Netzkabel. Das ist doch scheiße für den Computer. Piano, piano, er weiß, was ich denke. Na was denn? Und das Bildschirmkabel ziehen wir auch ab, sieh an, ist doch ein hübscher Schal. Keine Angst, er knüpft keinen dran auf, nimmt es nur mit rüber. Oder kann ich das? Mail schreiben, ohne was zu sehen? Ich darf es gern versuchen, er trinkt derweil ein schönes Sonntagsbier.

Ich bring dich um. So ein Scheiß! Und Festnetz gibt es auch keines. Das musste ich ja unbedingt abmelden letztes Jahr. Spare ich mir, dachte ich. Und wenn. Er hätte es längst außer Betrieb gesetzt. Er ist sich seiner Sache so sicher. Lässt mich hier einfach rumrennen. Ich könnte einen Zettel aus dem Fenster werfen. Hilfe! Polizei! Soll ich das machen? Ob er eine Knarre hat? Ob er dann durchdreht? Was soll ich tun? Jetzt ruft er.

Ich soll mir ein Bier nehmen und mich nicht so grämen. Er tut mir nichts. Das Geld hier, dann in Antwerpen, dann ist gut! Und vielleicht mal mit dieser Nutte, grinst er, damit er weiß, was ich an der finde. Ich bringe ihn um! Stellt mir das Bier hin und bringt es tatsächlich fertig, dass ich mit ihm anstoße. Habe alles gut gemacht, sagt er. Nur blöde, dass die Kollegas in Antwerpen solche Pfeifen sind. Solche Pfeifen waren. Lassen sich einfach über den Haufen schießen, das geht doch nicht. Und er muss sich jetzt alleine um alles kümmern. Aber das lässt er sich nicht nehmen, wenn so eine Gelegenheit schon mal kommt. Kommt nur einmal im Leben, so was.

Aber ich verstehe das ohnehin nicht. Warum habt ihr mir denn so viel gezahlt? Besser so. Ich habe ihnen das Geld gebracht und sie kommen so nicht in den Fokus. Keine Transfers mit Western Union oder so was. Alles schön sauber bar. Genau andersrum als bei Geldwäsche. Da geht es darum, Bargeld auf Konten zu bringen. Aber zehn Prozent! Ja, lacht er, zehn Prozent, fand er auch etwas viel. Und dazu noch die Nutte. Aber die hat nichts gekostet, gegen die hatten sie was in der Hand. Schweine, was denn? Und sparen sich ja die ganze Steuer, die wird dann bei mir irgendwann fällig. Und konnten sich sicher sein, dass ich guter Laune bleibe. Was habt ihr gegen sie in der Hand? Grinst, das geht mich nichts an! War eine gute Sache so, nur, dass es in Antwerpen ein paar Leuten nicht gepasst hat. Das haben sie unterschätzt. So einfach macht man keine Geschäfte an den Großen vorbei. Das war ihm von Anfang an klar. Nimmt einen großen Schluck Bier – prustet alles über den Tisch, eine schallende Lache. Was hat er denn jetzt? Die zehn Prozent, er bringt es kaum raus vor Lachen, ob ich denn glaube, die hätten sie mir am Schluss gelassen? Die hätte ich ihm dann abliefern müssen, das ist nämlich sein Anteil. Und wenn ich alles ausgegeben hätte? Unwahrscheinlich. Ein bisschen was, klar, aber das sei nicht weiter tragisch. Jedenfalls ist es seins und er hofft, ich war sparsam!

So ist das also. Véronique haben sie erpresst und mich haben sie verarscht. Zehn Prozent und am Ende darf ich sie zurückgeben, bis auf ein paar Spesen. Schade, dass die Maske schon irgendwo im

Dreck liegt, sonst würde ich ihn anspucken. Und ich dachte, alles in allem sind das auch Gentlemen, alte Schule. Lausige Verbrecher und noch dazu Dilettanten. Peng peng. Haben es verdient. Dich Arschloch bringe ich auch noch so weit, dich dazuzugesellen. Zum Rest der Bande. Da, wo du hingehörst. Und Véronique ist dann hoffentlich frei. Ach scheiße, nur wie?

Aber die Juweliere? Dass die tatsächlich so blöde sind? Wieso blöde, sagt er, die Steine waren gut, Papiere in Ordnung, die Rechnung koscher, und wie alle sind auch die Juweliere gierig, wenn sie was außergewöhnlich billig bekommen. Die kann man schon ködern. Kaufen erst ein bisschen und dann mehr. Viel mehr! Noch dazu, wenn man ihnen ein Rückgaberecht einräumt, falls sie die Diamanten nicht binnen sechs Monaten verkaufen können. Und einen Sonderpreis zum Start des Direktvertriebs. Es schadet der Transparenz, wenn man den Vertrieb zu vielen Zwischenhändlern überlässt. Die Diamantengesellschaft, für die er arbeitet, beginnt daher jetzt, den Vertrieb direkt aufzuziehen, und ist an einer engeren und langfristigen Geschäftsbeziehung zu guten Juwelieren sehr interessiert. Die altehrwürdige Gesellschaft also, für die er, wie sie glauben, arbeitet. Und die haben es alle geglaubt. Was so ein Geschäftspapier doch ausmacht! Die werden traurig sein, wenn er nicht mehr kommt. Sagt, die werden sicher Briefe an mich schreiben, mit Bestellwünschen.

Aber wieso ich? Und woher meine Rechnung? Mehr oder weniger Zufall. Sonst suchen sie ihre Kuriere sorgfältiger aus. Aber einer, der schon sicher war, ist einfach weggebrochen. Hatte einen Unfall. Der Idiot. Hüftgelenk kaputt, wochenlang Krankenhaus. Da brauchten sie schnell Ersatz. Glück muss man haben! Auf dessen Computer gab es eine Rechnung. Eine Rechnung von mir. Sagt, an der Rechnungsnummer hat man ja gleich gesehen, dass ich wohl ein kleiner Wurm bin. Ging nicht anders, das mussten sie probieren. Eine Rechnung von mir? Ein Ebay-Kunde? Also doch nicht über die Computer-Tag? Von wegen Trojaner. Wirklich über mein Mickergewerbe. Die haben sie doch nicht alle. Und ist ja gut gelaufen. Diese Spamtricks funktionieren ja nur bei Vollidioten, sagt er. Vollidioten brauchen sie nicht. Aber wenn wirklich Geld kommt, überlegen es sich auch Vernunftbegabte. Das ist dann gleich viel realer. Allerdings, ist es! Realitäts-Spam. Überrumpelung. Trau, schau, wem. Und jetzt sitzt er da und trinkt mein Augustiner. Thomas Vogel und Thomas Vogel. Original und Kopie. Einer zu viel. Er muss weg! Haarsträubend, hanebüchen! Bar kann man den Juwelieren nicht viel verkaufen. Aber mit Rechnung und Überweisung fühlen sie sich sicher. Das ist ja nachvollziehbar. Und noch dazu unter diesem Logo. Feine Firma. Die machen da sicher keine krummen Geschäfte. Und wenn doch, der Juwelier ist fein raus, er hat ja nichts unter der Hand erworben. Aber woher? Woher kommen die

Steine? Woher, ach was, woher. Ein weiter Weg. Je wertvoller der Rohstoff, desto unmenschlicher seine Gewinnung. Gold, Diamanten, Öl, die, die es ausgraben, sterben daran. Aber wir haben sie uns einfach genommen. Gibt genug in Antwerpen. Leider schiefgelaufen. Na ja, für ihn nicht, sagt er, nur für die anderen. – So, und jetzt erzählst du mir noch, mit was ihr Véronique erpresst habt, du Arsch, und dann kannst du ins Gras beißen. So wie im Film. Der Böse verrät alles, löst auf und geht baden. Wäre mir recht! Aber ich weiß gar nichts. Dreht das Radio an und wippt dazu mit dem Fuß. Alles im Anzug. Die Sonne dreht sich ums Haus. Er stellt mir auch noch ein Bier hin. Meine Nervosität nervt ihn, ich soll mir was zum Lesen holen, oder ob ich lieber fernsehen will? Warum nicht, nicke ich halt.

Sitzen wir beide vor der Glotze. Er zappt. Ihm ist langweilig. Ob ich einen Pornofilm habe, will er wissen. Ich schüttle den Kopf, nein, habe ich nicht. Na klar, mit dir werde ich mir glatt einen Porno reinziehen. Und willst mich vielleicht noch befummeln? Meine Privat-DVDs sind Gott sei Dank gut versteckt. Lass deinen Schwanz eingepackt in der Hose. Scheiße! Und flackt in dem Sofa, als wäre es seins, als wohne er schon immer hier, als wäre es kein bisschen unbequem.

Véronique, ich will endlich einschlafen, aber das ist ein Albtraum. Er schnarcht und ich traue mich nicht, einen Mucks zu machen. Und sehe, wie er dir sein fleischiges Teil reinschieben wird, ohne dass ich was machen kann. Wie du mich ansiehst dabei, gar nicht mit Vorwurf, sondern entrückt, teilnahmslos. Dass es dann aus ist. Das darf nicht sein, Véronique. Bitte spüre es, bitte geh weg, bitte sei nicht in der Wohnung. Ich denk so fest an dich, das musst du doch spüren. Ich will dich beschützen. Mir fällt schon was ein. Véronique ...

Und ob sie nicht wirklich längst weg ist? Hat mein Geld und lacht sich einen Ast. Hat einen anderen. Nein, das darf nicht sein, Véronique. Nein, das macht sie nicht, nein. Bitte. Hoffentlich. Irgendwie wird es gehen. Véronique, wir machen das schon. Wir machen das.

Auf ins Bad, sagt er, ich soll mich beeilen, er hat Hunger.

Zusammen einkaufen. Wie zwei Freunde. Steht immer neben mir und lässt mich nicht aus den Augen. Brezen, Brot, Butter, Croissants, Eier, Schinken. Ob ich Prosecco zum Frühstück will? Will der mich verarschen? Schiebt mir einen Geldschein hin – aus meiner Börse. Und sieht mir seelenruhig beim Zahlen zu.

Kocht sich Spiegeleier mit Speck und lässt es sich schmecken. Ich soll doch auch eines nehmen. Ist nicht vergiftet. Der Witzbold.

Perfekt. Geldeingang. Dann fehlen jetzt nur noch zwei Beträge. Das, was drauf ist, holen wir gleich. Auf, gehen wir, sagt er. Aber das geht nicht. Nur weniger als zehntausend auf einmal. Ich habe nichts angemeldet. Er schaut wütend. Dann neunfünf. Und dass ich den Rest gleich anmelden soll, auch das, was noch fehlt. Hat doch keine Lust, mit mir dauernd zur Bank zu rennen. Was glaubst du denn, glaubst du, mir macht das Spaß, du Arschloch?

Und schmeißt mir meinen Geldbeutel hin. Schaut blöd aus, wenn er mir den erst in der Bank gibt. Und den Schlüssel gibt er mir auch. Ich soll absperren und bloß keinen Unfug. Er passt auf, da kann ich mir sicher sein.

So, und jetzt ganz langsam! Sagt, dass ich da reingehen soll und mit dem Geld wieder raus. Und bloß nicht vergessen darf, den Rest anzumelden, genau zweiunddreißigtausendachthundert kommen noch. Das und das, was heute noch drauf bleibt. Er wartet hier. Grinst. Dass er keine Kameras mag! Nein, die Polizei sollte ich da drinnen besser nicht rufen! Dass es doch schade um meine Nutte wäre. Und um die andere Frau auf dem Foto im Geldbeutel. Dass er längst weiß, wo die wohnt. Die kann er auch ficken, wenn ich drauf bestehe. Du Sau! Jedenfalls komme ich mit heiler Haut raus, wenn ich mache, was er sagt. Wenn nicht, bitte, ist russisch Roulette, da ist er auch gut. Kann ich haben, aber er empfiehlt es mir nicht. Ich soll es mir gut überlegen. Oder wie ich es fände, wenn er irgendeinen Passanten abknallt. Nur, weil ich das Maul nicht halten kann. Ob ich dann damit leben will? Aber hat der überhaupt eine Knarre?

Wenn ich jetzt was sage? Ob die es mir glauben? Ob die mich beschützen? Aber bis die Polizei da ist? Das dauert doch bestimmt zu lange. Aber was macht er dann? Nach Antwerpen? Doch wohl kaum zu Christine. Wo die Bullerei auf ihn wartet. Oder zu mir in die Wohnung. Den Schlüssel habe ich. Gut, war für ihn letztes Mal auch kein Problem. Pseudoschloss. Aber da kann er doch auch schlecht hin, wenn ich meinen Mund hier aufmache. Warum tue ich es nicht? Und wenn ich es tue, dann ist alles gelaufen. Keine Chance, dass ich dann doch noch so richtig gewinne.

Grinst breit und weicht mir nicht von der Seite. Spaziergang nach Hause. Der weiß genau, dass ich nichts machen kann. Kann mir die Schlüssel geben und meine Papiere und ich bin trotzdem nicht frei. Das bin ich erst, wenn er aus freien Stücken verschwindet. Wenn er das ganze Geld hat. Und kann nicht mal dann die Polizei holen? Der wird mir nichts tun. Und Véronique? Der blufft doch nur. Der will nur das Geld. Nur das Geld, scheiße! Und wir? Wir brauchen auch was.

Ob Post da ist, soll ich nachsehen. Schaut blöd aus, wenn der Briefkasten überquillt. Und wenn er ihn leert, auch. Er weiß, wovon er spricht, es gibt einfach zu viele misstrauische Nachbarn, die sonst keine weiteren Hobbys haben. Er ist ja nur zu Besuch hier. Ein Freund, nichts weiter. Da überlässt er mir gerne die Schlüssel, solange wir nicht in der Wohnung sind. Sein fettes Grinsen. Er hat echt Spaß mit mir.

Aber jetzt in der Wohnung läuft es wieder anders. Schlüssel, Geldbeutel. Her damit! Brav. Das schöne Geld. Bald haben wir's. War doch nicht schwer. Sieh an, tatsächlich eine Bestellung. Kaum geht er mal ein paar Tage nicht ans Mobile. Aber das haben schon die Fische gefressen. Er braucht es nicht mehr. Ohnehin nichts auf ihn registriert, natürlich, wo käme er denn da hin. Ich kann es mir denken, prepaid. Und am besten gleich noch unter meinem Namen gekauft. So wie der auftritt: Thomas Vogel, hier bin ich, va bene. Und jetzt telefoniert er ja eh mit meinem. Erst Call-a-Diamond dann Call-a-Pizza. Eine Order per Post. Aber nein, nichts gibt's. Die zerreißen wir gleich, Steinchen sind alle. So, jetzt essen wir was und dann Freizeit für jeden. Ich soll ein Buch lesen oder mitkommen fernsehen. Sagt, die Warterei hat sehr bald ein Ende.

Aber lass sie doch in Ruhe. Wen ich meine? Ach, die Nutte? Die soll er in Ruhe lassen? Aber warum denn? Dazu ist sie doch da. Er hofft nur, dass sie das Geld noch komplett hat. Wenn ja, dann kann man vielleicht drüber reden. Er will ja nichts Böses, nur den Lohn seiner Arbeit, das werde ich doch wohl verstehen, hoffentlich. Und ich nicke, ich Depp, ich nicke sogar. Er zappt die Kanäle auf und ab, wie gestern. Nachmittagsprogramm, jenseits von Gut und Böse.

Es läutet. Christine? Nur die Pizza, sagt er. Hat er bestellt, als ich auf dem Scheißhaus war. Hofft, ich mag die Napoli, er jedenfalls mag die schon immer am liebsten. Mit den salzigen Sardellen. Sagt, ich soll aufmachen und zahlen. Zwei große Pizzen, vier Bier.

Ein lustiger Geselle bin ich ja nicht. Immer dieses missmutige Gesicht, und ich soll mich doch nicht so anstellen. Die Pizza war gut, oder etwa nicht? Und Bier hat er mir auch abgegeben. Da gibt es doch nichts, worüber ich mich beschweren kann. Oder passt mir der Film nicht?

Gehen wir ins Bett. Aber er will zuerst ins Bad. Hockt sich auf meine Klobrille. Ich kacke nur noch im Stehen. Die Spülung. Benutzt der etwa meine Zahnbürste? Ich verwende sie jedenfalls nicht mehr. Kommt wieder. Klatscht in die Hände. Andiamo! Kasten aus, Licht aus. Das Ganglicht wirft seinen langen Schatten ins Zimmer. Aufstehen, ich soll vorangehen, husch, husch, und ab in die Heia. Scheiße, schon wieder. Er brüllt. Sehe nichts. Ist gestolpert? Jetzt schnell! Was mache ich? Was hau ich ihm drüber? Der flucht, dass es das ganze Haus hört. Dass ich endlich herkommen soll und Licht machen. Ich soll ihm aufhelfen. Ihm was auf den Schädel! Jetzt! Den schweren Kerzenständer?

Scheiße! Das ging in die Hose. Ich kann es nicht. Er sitzt in der Küche und reibt sich den Knöchel. Verknackst, gestaucht oder gebrochen. Verlangt Schnaps. Brennt öfter durch, die Birne im Gang.

Ich habe noch eine da, die schraube ich gleich rein. Das hilft ihm jetzt auch nichts. Ist gegen die Kommode gerannt, als das Licht ausfiel. Mit dem Schienbein gegen die Ecke und dann saublöde gestolpert. Denkt er jetzt vielleicht gar, dass ich Mitleid habe? Soll froh sein, dass er kein Schädelweh hat. Hatte den Leuchter schon in der Hand. Ist massiv, das Teil. Hätte gereicht für einen langen Schlaf.

Dick Nivea und einen kleinen Verband, was anderes habe ich nicht. Sagt, das Auftreten tut ihm weh. Umso besser. Ob er schon schläft? Liegen hier wieder nebeneinander. Nacht, drei Uhr, trautes Paar. Aber was will ich tun? Ihn niederschlagen und zur Polizei gehen? Ihn niederschlagen, das Geld nehmen und abhauen? Das wäre wohl noch das Beste. Das Geld aus dem Drucker und ab nach Antwerpen, schnell weg mit Véronique. Zur Polizei wird der kaum gehen. Nur, wenn er tot wäre, das wäre blöd. Dann bin ich ein Mörder. Das bin ich nicht. Schläft er? Ich stehe auf. – Au. Wo ich hinwill? Aufs Klo, dringend. Ob wir keine Abmachung haben? Abmachung? Was für eine Abmachung? Dass ich ihn wecken soll, für den Notfall. Aber ich wollte dich nicht wecken deswegen. Ob er mir nicht gesagt hat, dass er einen sehr leichten Schlaf hat? Doch, doch. Wenn ich mich noch einmal heimlich wegbewegen will, wenn ich es nur versuche, bricht er mir den Knöchel, sagt er, dann sind wir Leidensgenossen. Lacht. Thomas Vogel bricht sich den Knöchel. Dass es dann doch auch meiner sein muss. Hoffentlich hat er ihn wirklich gebrochen! Warum habe ich nicht zugeschlagen? Warum, Véronique?

Schlechte Laune. Ich soll Kaffee machen und Eier. Ist misstrauisch. Weicht mir nicht von der Seite. Keine Angst, ich habe kein Gift, das ich dir reintun kann. Sein Knöchel tut weh, aber ist nicht so schlimm. Nur eine Stauchung, glaubt er. Schade. Von mir aus kann es der komplizierteste Bruch sein, den die Röntgenmaschinen je gesehen haben. Wenigstens hinkt er nicht schlecht. Fernsehen zum Frühstück. Er schaut dauernd auf die Uhr. Müsste spät genug sein. Jetzt können wir nachsehen. Ob neues Geld für ihn da ist. Nur noch zwei Rechnungen offen. Das gibt es nicht! Wollen die mich verarschen! Jetzt haben sie gezahlt. Was das für ein Eingang ist, will er wissen, Computer-Tag? Das? Das ist mein Geld! Ehrlich verdient, das war meine Arbeit. Umso besser, soll ich dann auch gleich noch abheben. Er nimmt, was er kriegt. Und grinst mich an. Kleckerbetrag, unter zehntausend und anderes Konto. Aber jetzt soll ich auf das Geschäftskonto schauen. Ich Idiot! Jetzt bekommt er das auch noch. Seine dreckige Lache. – Bingo! Da ist es. Zweiunddreißigtausendachthundert. Hat er es nicht gesagt! Das ist der Rest. Das holen wir jetzt alles sofort. Quält sich in seinen Schuh. Sperrt die Türe auf. Gibt mir den Geldbeutel, die Schlüssel. Ich soll zusperren. Und jetzt gemeinsam zur Bank. Der ewige Verkehr. Endlich eine Lücke, hinüber. Halt, warte!, schreit er. Na was denn, da muss man schon schnell sein. Quietschen. Das dumpfe Geräusch. Das war er. Das Auto einfach hinein. Wie in einen Sack Mehl. Liegt da auf der Straße. Sofort Hupen und Stau. Der Fahrer steigt aus. Der glaubt es nicht. Ich kann es nicht glauben. Lässt sich da einfach überfahren. Und Christine sagt immer, ich soll nicht so eng über die Straße. Kommen schon Leute. Menschenauflauf. Der rührt sich nicht. Knien sich welche hin. Aufgeregt, der ist tot, da ist kein Puls und kein Atem! Die Menge wie ein Raunen. Drücken ihm auf die Brust. Bewegen die Arme auf und ab, Schwimmübungen. Schütteln den Kopf. Der bleiche Fahrer. Jetzt kippt er weg. Gut gemacht. Gut gemacht. Der ist tot! Der falsche Vogel! Ich lebe. Ich lebe! Ich hab gewonnen, du Arsch. Siehst du! Ich hab gewonnen. Du fasst meine Véronique nicht an! Du nicht. Du bist bei den anderen. Jetzt aber weg. Der lebt nicht mehr. Nicht, dass jemand auf die Idee kommt, ich sei ein Zeuge. Weiter. Ganz normal. Nicht laufen. Einfach ganz normal gehen. Und sag der Maske einen schönen Gruß von mir. Der ist tot. Und ich war's nicht. Ich hab nichts gemacht. Nur über die Straße gegangen. Ja, den bin ich los. Was kann ich dafür, wenn der Depp nicht auf den Verkehr schaut. Und Gott sei Dank habe ich meinen Geldbeutel, sogar meinen Schlüssel. Besser geht's nicht! Der Depp. Der ist tot. Und ich gleich in der Bank, den Rest holen. Ja! Morgen schon nach Antwerpen. Noch mal. Schon für das Alibi. Dass ich behaupten kann, ich habe das Geld abgeliefert. Endlich richtig zu ihr. Und dann schauen wir, wo wir hingehen. Wo unsere Zukunft ist, Véronique, und die unserer Kinder. Warum nicht noch heute. Ich fahre sofort! Der ist tot, der Arsch, der hat sie nicht mehr alle. Haha, zu blöd, zur Bank zu gehen. Das gibt's nicht. Hurra, Véronique! Wir beide, nur wir beide sind übrig. Und du bist mein Glück.

Ja, alles wie gehabt. Sechsundfünfzigtausend. Habe ich gestern angemeldet. Noch mal zusehen beim Zählen der Scheine. Der Maskenmann wird die nicht mehr in der Hand halten. Nur noch ich. Und das bisschen Computer-Tag auf dem anderen Konto lasse ich lieber drauf, nicht, dass die jetzt doch noch zu fragen anfangen, wenn ich alles leerräume. Ist das Privatkonto wenigstens auch erst mal gedeckt für die Miete. Sechsundfünfzigtausend! Besten Dank. Wie? Nein, diese Woche werde ich keine größeren Beträge mehr abheben. Muss das jetzt erst wieder investieren. In unsere Zukunft, Véronique. Auf Wiedersehen. So schnell nicht mehr. Transaktionen beendet. Sobald alles klar ist, wird dieses Konto geschlossen! Ich gehe von hier weg. Für immer. Ich habe genug.

So, hier alles zusammenräumen. Seine widerlichen Visitenkarten liegen noch überall auf dem Boden herum. Und seine Schmutzwäsche. Hat einfach meine Unterhosen und Socken genommen. Hier, seine Tasche. Nur so ein Umhängeteil. Da wollte ich schon lang mal reinschauen. Wiegt nicht viel. Kaum was dabei. Nur ein Hemd. Das gibt's nicht. Nichts Persönliches, keine zerknüllten Rechnungen, Notizen, Schlüssel oder sonst was. Schade, keine Diamanten. Ein Hemd. Na toll. Der wohnt sicher noch irgendwo im Hotel. Weg damit. Alles in den Müll. So hat der sich das wohl nicht ausgerechnet. Das Geld ... Alles zusammen. Viel, Véronique. Das reicht uns. Und wenn wir erst mal wo angekommen sind, wo wir bleiben wollen, regle ich hier alles. München adieu. Löse meine Wohnung auf, kündige alle Verträge, schmeiße den Computer weg. Drehe den Hahn zu. Nie wieder Spam!

Scheiße. Mein Handy. Der hat mein Handy noch. Das hat er mir abgenommen. Das ist in seinem Jackett. Fuck. Gibt's doch nicht. Ob ich mal anrufen soll? Aber dann klingelt es in dem Toten, wenn er es wirklich mithatte, keine gute Idee, traue ich mich nicht. Und er hat es doch eingesteckt, keine Frage, der hat es, mein Handy. Na und! Das ist gestohlen. Das lasse ich sperren. Das ist doch kein Problem. Aber wenn die kommen? Finden es bei ihm. Einfach gestohlen! Nein, den kenne ich nicht. Und der hat doch seine Börse. Da ist doch bestimmt sein richtiger Pass. Aber trotzdem hat er das Handy. Das schauen die doch an. Schön blöd. Gibt hoffentlich keinen größeren Ärger. Rechner hochfahren. Wo ist das Kabel. Verdammt. Im Bett? Küche? Niente. Ach, da, hat es an die Garderobe gehängt, der tote

Witzbold. Das habe ich gleich. WWW. Da steht die Nummer. Ruf ich vom Computer aus an. Hoffentlich reicht das Guthaben noch.

Ja, mein Handy. Gestohlen melden. Bei der Polizei? Nein, ich weiß nicht, ich habe es vielleicht nur wo liegen gelassen, aber ich möchte es gerne sperren lassen. Ja, sofort, so schnell wie möglich, nicht, dass es noch missbraucht wird. Nein, ich habe es soeben erst bemerkt. Keine Ahnung, wo. Wahrscheinlich beim Einkaufen. Was für eine Nummer? Ach, und wo finde ich die? Vertragsunterlagen? Moment. Wie ich das hasse. Dieses bange Durchwühlen alter Unterlagen. Wie heißt diese Nummer. Ok. Weiter, weiter, weiter. Da ist sie doch!

Kostet was. Na und. Schicken mir eine neue Karte und ich kündige sowieso zum nächsten Termin. Nein, Ersatzgerät brauche ich nicht! Was brauche ich auf einer Insel ein Handy? Zumindest keines von hier! Egal, alles egal. Moment. Was ist das? Augenblick, es klingelt. Mein Handy! Warten Sie bitte. Wo denn? Wo ist es? Kommt aus der Küche. Noch mal. Da! Da ist es! Hat es in die Küchenschublade. Und jetzt klingelt es. Ich Glückspilz! Christine? Nein, keine Nummer angezeigt. Was denn? Was? Einen günstigeren Tarif? Nein, brauche ich nicht, nicht mehr! Vielen Dank. Aber Sie sind ein Schatz, dass Sie jetzt angerufen haben! Vielen, vielen Dank! Und machen Sie doch auch was aus Ihrem Leben! Ein herrlicher Tag, Wiederhören.

Hallo? Ja, ist noch dran. Das war ein Versehen. Ich habe es gefunden! Nein, kein Scherz. Tut mir leid. Nein, nicht sperren, alles paletti! Entschuldigen Sie. Ja, ich bin sicher. Wirklich nicht, ich habe es wieder. Entschuldigen Sie, vielen Dank!

Jetzt ist alles bestens. Besser geht's nicht. Ich bin froh, mir kann keiner was! Véronique, das Glück ist uns hold und ich komme. Packe meine Sachen, packe das Geld und ab die Post. Bleibe mindestens ein paar Wochen. Bis wir was Schönes gefunden haben. Oder zumindest eine gute Zwischenunterkunft. Raus aus München, raus aus Antwerpen. Mit ihrer Wohnung ist es ja wohl kein Problem. Gehört einer Freundin. Hoffentlich hat sie ihren Pass? Haben sie erpresst. Mit was, Véronique? Die ganze Bande ist tot. Schießerei. Und der Letzte rennt in ein Auto. Avanti dilettanti, arrivederci ...

Mal sehen. Die Züge. Fährt noch was? Genug. Über Nacht. Fahre ich dreizehn, vierzehn Stunden, steige fünfmal um, was soll's. Egal. Hauptsache zu ihr. Véronique, morgen Früh schon, du schläfst bestimmt, wenn ich komme. Und was frage ich denn jetzt noch die Mails ab? Ich kann es wohl nicht lassen? Wie Nostalgie. Das letzte Mal Spam. Zeichne mir ein Schaf. Sie schlafen geheimnisvoll in der. Punkt? Zu sein, sonst habe ich nichts gelernt. Ist ja gut!

Müll raus. Und überall mit dem Lappen drüber. Meinen guten Anzug in die Reisetasche. Pullis,

Unterwäsche. Der ist in meinen Socken gestorben! Ha ha. Arschloch. Du bist hier weg. Alles blitzeblank. Véroniques Muschel. Da liegt der Brinkmann. Was brauche ich den? Keiner weiß mehr. Haue ich auch in den Müll. Kein Ballast und kein Gejammer. Noch zwei Augustiner übrig. Die kommen auch mit. Damit stoßen wir an. Wir haben schließlich zu feiern.

So, jetzt! Endlich alles beisammen. Das Wichtigste habe ich mit. Den Rucksack auf die Schultern, die Reisetasche in die Linke. Licht aus und raus. Tschüss, meine Wohnung. Véronique, ich werde dich heiraten! Die Türklingel? Wer ist das denn jetzt noch? Egal. Ich gehe. Wimmle ich ab! Bestimmt nur wieder Werbung. Will jemand zu den Briefkästen. Ein Wochenblatt. Oder eine Sekte. Einfach nur Spam, was sonst. Jetzt aber raus! Schlüssel aus dem Schloss, Türe auf. Was denn? Die kommen zu zweit die Treppe hoch. Nein, das gibt es nicht, scheiße, nein, Polizei! Herr Vogel? Ja? Wir hätten da ein paar Fragen.

Bernhard Aichner
Für immer tot
Ein Max-Broll-Krimi
240 Seiten, € 12.95/sfr 18.90
HAYMON taschenbuch 82
ISBN 978-3-85218-882-9

Um sie herum ist alles dunkel, ein Handy ist ihre einzige Verbindung zur Außenwelt, zur Polizei und zu ihrem Stiefsohn, dem Totengräber Max Broll. Ihre letzte Erinnerung: Ein Mann ist in ihre Wohnung eingedrungen, hat sie überwältigt, in eine Kiste gesteckt und irgendwo im Wald vergraben. Und sie erinnert sich auch, wer der Mann war: Leopold Wagner, der „Kindermacher". Das Problem ist nur: Wagner kann es nicht gewesen sein, denn er sitzt seit achtzehn Jahren hinter Gittern.

In seinem zweiten Max-Broll-Krimi zieht Bernhard Aichner alle Register: atemlose Spannung und überraschende Wendungen, liebevoll gezeichnete Figuren und viel schwarzer Humor.

„Eine echte Empfehlung. Aichner schafft mit seiner klirrenden Sprache, seinen klaren Bildern Gruselstimmung und vor allem Spannung auf höchstem Niveau."
WOMAN, Euke Frank

„ein aufregendes Buch"
Kurier, Barbara Mader

www.haymonverlag.at

Michael Köhlmeier
Sunrise
96 Seiten, € 9.95/sfr 14.90
HAYMON taschenbuch 18
ISBN 978-3-85218-818-8

Der Hollywood-Boulevard in Los Angeles bei Sonnenaufgang: Der Vagabund Leo Pomerantz überquert die Fahrbahn, die Tänzerin Rita Luna tritt aus einem Striptease-Lokal auf den Gehsteig, und auf der anderen Straßenseite steht – der Tod. Seine Sichel, mit der er Leo treffen wollte, verfehlt ihr Ziel und bringt stattdessen Rita zur Strecke. Die will sich mit dieser Ungerechtigkeit nicht abfinden und bittet den Tod um eine zweite Chance. Also ordnet der einen ungewöhnlichen Wettbewerb an, um zu entscheiden, wer sein Leben lassen muss ... Michael Köhlmeier erzählt raffiniert und mit verlässlichem Gespür für eine gute Geschichte – amüsant, tiefgreifend und gleichzeitig von einer wohltuenden Gelassenheit.

„Grandios, wie es der Autor schafft, den erzählerischen Hindernislauf seiner unfreiwilligen Widersacher seinerseits zu einem novellistischen Glanzstück zu gestalten."
Süddeutsche Zeitung, Eva Schobel

„Die Gestaltung der ganzen Erzählung aus dem Dialog heraus, das Einleben des Autors in die individuellen Erzählstile der Figuren verleihen dieser einfachen und zugleich furchtbar komplizierten Geschichte Tiefe, gleichzeitig aber eine wohltuend unaufdringliche und erstaunlich glaubwürdige Lockerheit."
NZZ, Alfred Bodenheimer

Lydia Mischkulnig
Hollywood im Winter
Roman
ca. 224 Seiten, ca. € 9.95/sfr 14.90
HAYMON taschenbuch 104
ISBN 978-3-85218-904-8

Das Leben ist Theater. Für Tauschitz, den reichen Salzburger Industriellen, bedeutet die Kunst Unsterblichkeit. Um sie für seine Familie zu erreichen, stattet er seinen Sohn Caesar mit „Künstler-Genen“ aus und lässt ihn als Schauspieler in „Oedipus Rex“ auftreten, dem Glanzpunkt der Salzburger Festspiele. Doch die Grenzen zwischen Bühne und Wirklichkeit beginnen zu verschwimmen, das Drama um Schuld und Unschuld findet hier wie dort statt.

Lydia Mischkulnig entführt in ihrem witzigbösen Roman auf die Hinterbühne der Salzburger Festspiele, wo sie die Oberflächlichkeit und Verlogenheit des Kulturbetriebs genussvoll demaskiert.

„Lydia Mischkulnig, eine literarische Spezialistin des eskalierenden Familienschreckens ...“
NZZ, Karl-Markus Gauß

Margit Schreiner
Haus, Frauen, Sex.
Roman
192 Seiten, € 9.95/sfr 14.90
HAYMON taschenbuch 81
ISBN 978-3-85218-881-2

Nach zwei Jahrzehnten Ehe hat Resi Franz verlassen und den gemeinsamen Sohn mitgenommen. Seinen Job hat Franz auch verloren. Nun sitzt er in dem leeren Haus, das er eigenhändig für seine Familie errichtet hat, grollt und trinkt. Das Heimchen am Herd ist weg, das Männchen sinnt auf Rache. In einem verbalen Amoklauf schimpft er über Gott und die Welt, über die Frauen im Allgemeinen und Resi im Besonderen, über schmutzige Küchen und schlechten Sex – und entblößt sich dabei selbst als die Karikatur des verlassenen Ehemanns.

Haus, Frauen, Sex. – die unterhaltsamste Gender-Studie unserer Zeit.

„Ein intelligentes Buch, sehr überzeugend, eine kunstvolle Sprache."
Literarisches Quartett, Marcel Reich-Ranicki

„Gekeife und Träumerei, Suff und Poesie – Margit Schreiner vermischt sie zu einer höchst originellen Fälschung, zum Selbstporträt eines sehr erbärmlichen und ein wenig erbarmungswürdigen Mannsbildes."
NZZ, Franz Haas